um
sol
para
cada
um

edyr augusto proença

um sol para cada um

Copyright © Edyr Augusto, 2008
Copyright © Boitempo Editorial, 2008, 2015

Coordenação editorial
Ivana Jinkings

Editora assistente
Ana Paula Castellani

Assistente editorial
Mariana Tavares

Revisão
José Muniz Jr.

Capa
Antonio Kehl, sobre foto do autor e projeto de Janjo Proença

Editoração eletrônica
Silvana Panzoldo

Produção
Livia Campos

Assistência de produção
Camila Nakazone

CIP-BRASIL. Catalogação-na-fonte
Sindicato Nacional dos Editores de Livros, RJ

P957s

Proença, Edyr Augusto, 1954-
  Um sol para cada um / Edyr Augusto Proença. - 1. ed. atualizada - São Paulo : Boitempo, 2015.

  ISBN 978-85-7559-122-2

  1. Conto brasileiro. I. Título.

15-19458   CDD: 869.93
                                      CDU: 821.134.3(81)-3

É vedada a reprodução de qualquer parte deste livro sem a expressa autorização da editora.

1ª edição: agosto de 2008; 1ª reimpressão: novembro de 2010
1ª edição atualizada: fevereiro de 2015; 1ª reimpressão: dezembro de 2021

BOITEMPO
Jinkings Editores Associados Ltda.
Rua Pereira Leite, 373
05442-000 São Paulo SP
Tel.: (11) 3875-7250 / 3875-7285
editor@boitempoeditorial.com.br
boitempoeditorial.com.br | blogdaboitempo.com.br
facebook.com/boitempo | twitter.com/editoraboitempo
youtube.com/tvboitempo | instagram.com/boitempo

sumário

9	Apresentação: Lobos ao sol por Nelson de Oliveira
15	Sujou
19	Carne fresca
23	A garota cheia de espinhas
25	Boa fase
29	Confissão
31	Presente de natal
35	Fala
41	Oi
45	Ordens são ordens
47	Sabrina
53	Trabalho
59	Dedo mindinho
63	Do tronco pra cima
67	Eu mereço
71	Feliz ano-novo
75	Fim
77	Flagra
83	Fórmula 1
85	Fujona

93	Janela ou corredor
95	Libertação
97	Madame Tina
105	Maria Cândida
119	Maria Rita
125	Menino do rio
129	O cortejo da dor
131	O novo amor
135	Oito meses e três dias
137	Papaizinho
143	Poder
147	Putz
153	Só o corpo envelhece
157	Suicídio
159	Um cara legal
163	Um corpo pra chamar de meu
165	Velha
167	Sobre o autor

apresentação

lobos ao sol

A realidade, cada autor constrói a sua. Isso que os cientistas, os filósofos e os historiadores chamam de *realidade* é muito diferente de tudo o que os bons escritores chamam em seus livros de *realidade*.
A realidade social de Edyr Augusto, por exemplo. De que é feita? De cruéis deformações ficcionais plasmadas, com competência, para parecerem de carne e osso. Em certa medida, essas criações são mais reais do que as da realidade extraliterária.
A realidade social de Edyr Augusto, o que a mantém de pé?
Períodos curtos, rápidos. Orações enxutas. Às vezes só uma frase, só uma palavra. Rajada de bala: parágrafos imensos, nervosos, feitos de períodos curtos, orações enxutas, frases soltas, palavras trancadas na solitária, presas entre dois pontos. De repente, quebrando esses blocos de orações, frases e palavras encarceradas, aparece um diálogo com travessão e tudo. Outras vezes há o diálogo, mas sem os travessões. O diálogo cimentado no bloco, cada fala emparedada entre dois pontos.
Nessa hora a sensação de sufoco é grande. Falta ar.
Angústia.
Essa respiração difícil pode ser a da asma, a do estrangulamento ou a do devaneio. Asma, asfixia ou devaneio, tanto faz. O fato é que os contos arfantes de Edyr chamam a nossa atenção para a face mais violenta e primitiva da sociedade brasileira. Isso não significa que a

maior qualidade desses contos esteja na reprodução documentária do modo de pensar, agir e falar dessa face vulgar e desesperada. A denúncia social ocorre aqui por tabela, ela é o bem-vindo efeito colateral dessa droga poderosa chamada *literatura*.

Eu vejo claramente Edyr Augusto como continuador, nos tempos atuais, da linhagem de Aluísio Azevedo, Lima Barreto, Graciliano Ramos e João Antônio. Sua prosa deve ser colocada ao lado, por exemplo, da prosa de Rubem Fonseca, Fernando Bonassi, Marçal Aquino e Marcelino Freire. Não tem sido fácil manter jovem e ativa a tradição da denúncia na literatura, em geral de natureza realista. Não tem sido fácil escrever bons contos protagonizados por gente da periferia da civilização. Os quatro autores contemporâneos citados conseguem isso com regularidade, simplesmente porque jamais se deixam seduzir pelos dogmas do realismo absoluto.

O mal-estar que pesa sobre nós, cidadãos acuados pela criminalidade e pela decadência moral, é reforçado com talento e vigor pelo discurso ora delirante ora furioso dos protagonistas demoníacos de Edyr Augusto. Esse discurso escapa do realismo rasteiro graças ao cuidadoso trabalho com a linguagem, que deixa abertas as portas da percepção para o fluxo instintivo e caótico da pura subjetividade. Graças a esse fluxo radical, as principais categorias narrativas – narrador, personagem, tempo, ação – aparecem mescladas, fundidas, confundidas.

Gosto muito quando, no mesmo parágrafo, a voz do narrador é atravessada pela do protagonista, que subitamente dá lugar à voz das personagens coadjuvantes, até a hora em que o narrador volta a recuperar o controle da situação. Essa tensão entre o discurso direto e o indireto reproduz perfeitamente a tensão experimentada pelos anti-heróis dessas fábulas do grotesco e do desespero. Também gosto quando o narrador de um conto vira a personagem de outro e vice-versa.

Toda a pirâmide social treme quando as vagabundas, os advogados, as videntes, os cafetões, os aleijados, os bêbados, os viciados, as empregadinhas e os matadores criados por Edyr batem boca, mordem, escoiceiam. São presas e predadores espicaçando-se conforme as ordens da natureza darwiniana.

Pirâmide?

Não. Falei bobagem.

Esqueça a clássica representação gráfica da sociedade em forma de pirâmide, estampada nos livros didáticos. Em nosso dia a dia ela é inútil. Veja só que impressionante: na vida real, não importa em que posição da *pirâmide* você e o seu grupo social estejam – no topo, no meio, na base –, sempre haverá muita gente em cima e embaixo de vocês. Isso talvez signifique que a tal pirâmide é na verdade algo mais maleável: uma espiral sem início nem fim.

Pronto, delirou.

Pirâmide? Espiral? O que isso tem a ver com este livro?

Tudo.

Estou falando das possíveis relações que o escritor, em plena decadência da atividade literária – a queda do prestígio do escritor é reflexo dessa decadência –, ainda pode estabelecer com o mundo ao seu redor. Estou dizendo que a relação científica ou a sociológica ou a jornalística devem ser evitadas. Para laçar pra valer os indigentes de todas as camadas sociais, o poeta e o prosador precisam manter com elas apenas as relações estéticas, abstratas, espiraladas. Somente dessa maneira, ele – o escritor – ainda pode ser a voz dos que não têm voz. Somente desse modo, ele – o sujeito letrado – ainda pode ser o legítimo representante dos iletrados.

Não existe pirâmide social. Existe apenas a espiral social. Para qualquer lado que o escritor olhar, ele estará virtualmente cercado de pessoas miseráveis e de pessoas para as quais ele será o miserável.

Eu penso nisso sempre que, convidado a participar de debates ou mesas-redondas, tenho de sair de casa e do conforto do meu círculo social, e interagir com estranhos. Não importa a distância percorrida: a mais breve corrida de táxi já é capaz de colocar frente a frente dois universos culturais muito diferentes, o do passageiro e o do taxista.

Os contos desta coletânea são sucessivas viagens de táxi para os cantos mais contrastantes da metrópole. Sucessivas viagens a lugares e situações muito estranhos, tornados verossímeis graças ao talento do autor.

Pará. Belém. Mosqueiro. São lugares ensolarados bastante frequentes nesses contos. Lugares familiares subitamente tornados perversos, deformados, bizarros, graças ao estilo expressionista e fumegante de Edyr Augusto.

São trinta e seis narrativas curtas cujo refrão é: não há nada de novo sob o sol, o homem é o lobo do homem.

Trinta e seis contos. Eu tenho os meus prediletos.

(Depois da célebre expressão do Eclesiastes e da não menos célebre afirmação de Plauto, *não há nada de novo sob o sol, o homem é o lobo do homem*, fiquei um minuto indeciso diante do teclado, paralisado, resistindo ao desejo de confessar: "Eu tenho os meus prediletos". Porque ao apresentar uma coletânea é de praxe que o apresentador mantenha a neutralidade, é de bom tom que evite revelar abertamente sua preferência. Pois é preciso preservar a todo custo a ideia de que todos os contos são muito bons. Mas todos os contos deste *Um sol para cada um* são mesmo muito bons. Isso não impede que eu tenha os meus prediletos. Nem que eu quebre o protocolo e revele minha preferência.)

"Sujou".

"Boa fase".

"Ordens são ordens".

"Dedo mindinho".

"Eu mereço".

"Fórmula 1".

"Maria Cândida".

"Velha".

Esses contos trepidantes e faiscantes, narrados por figurinhas miúdas, apaixonadas, calhordas ou estúpidas, fazem do exagero e do tartamudeio o caminho mais curto para a emoção poética, a única emoção que importa nos dias de hoje. Falo de emoção genuína e consistente. Não há espaço aqui para o sentimentalismo nem para os tons pastel que tanto deleitam os leitores mais diluídos.

"Feliz ano-novo".

"Papaizinho".

"Putz".

De meus prediletos, os prediletos. Aí está a literatura de verdade: lúcida, irreverente, sombria. Três narrativas exemplares, invejáveis, tocadas levemente pelo nonsense, numa coletânea que volta a colocar a região Norte em nosso mapa literário. Em "Feliz ano-novo", "Papaizinho" e "Putz" o jogo de esconde-esconde é muito mais do que uma boa metáfora. De quê? Do erotismo metropolitano contemporâneo. Melhor dizendo, das armadilhas eróticas que os velhos valores morais em conflito com os novos vivem criando.

Edyr Augusto já publicou vários livros de prosa. Vários também de poemas. De todos eles o meu predileto é *Moscow*, o primeiro que li, logo no início do século. Um romance curto, sobre presas sem pressa, de férias, e um predador raivoso sob o sol, a lua e as estrelas do Mosqueiro. Livro perturbador e asfixiante. Me pegou de jeito.

(Outro pecadilho que não deve ser cometido numa apresentação: confessar qual é o seu livro predileto do autor do livro que você está apresentando. Os leitores mais despreparados podem achar que você não gostou dos outros livros, só do seu predileto. Tudo bem, mas, com ou sem pecadilhos, estou convencido de que os leitores despreparados, por serem despreparados, não vão ler este *Um sol para cada um*, nem *Moscow*, nem qualquer outro livro do Edyr. Isso me dá grande liberdade pra dizer o que eu quiser aqui.)

Moscow me pegou de jeito. Esta coletânea também. Formam um belo par.

Ambos falam de presas.

De predadores.

Sob o sol.

Nelson de Oliveira

sujou

Eu já sacava o cara. A gente fica ali na esquina e vai vendo as figuras da vizinhança. Basta qualquer barulho e eles chegam na janela dos prédios. Fica tudo lá, olhando. Mas parece que tem uma fronteira, sabe? Daqui pra lá e de lá pra cá. Lá pra frente os barões. Aqui pra trás a zona. Mas é que às vezes tá roça mesmo. Ele chegou com o carrão e ficou esperando abrir o portão da garagem. Encostei, disse oi, pedi uma ponta, cigarro, qualquer coisa. Disse que dava chupada, essas porras. Me deu uma banda. A Maricélia disse que podia dar merda, o cara se queixar, sei lá, segurança do edifício. Não deu. Disse que outro dia, tava de noia, rolou discussão e mandaram chamar a polícia por causa do barulho.

Tava na esquina. Ele chegou no carrão e não foi pra garagem. Veio direto. Entra aí. Perguntou o nome. Disse que era mentira, era nome de guerra. Puxei o RG e mostrei. Olha aqui, Sabrina, tá? Veio com umas ondas de que eu era linda, diferente, que me olhava lá do prédio e tal, por que eu tava nessa, essas frescuras. Égua, meu, tu é pastor? Quem tá na vida torta não encontra reta. O pai me jogou fora de casa e ficou com minha filha. Vai fazer o quê? Vai procurar emprego e pedem estudo, experiência, o caralho. Não tenho, não tenho. Caí na vida. Simples assim. Aí me diz que é só uma volta. Volta? Paga aí qualquer coisa. Melhor que nada. Tempo é dinheiro. Contei pra Maricélia. Tem muito cara estranho, vai ver ele foi pra casa bater uma bronha. Assim, tipo coroa, carrão, roupa boa. Te pagou? Uma ponta. Leva ele logo pra foder e pronto, porra. Olha, ele te viu de noia, cheirando cola. Tô cagando. Me deixa dormir contigo hoje. Vai dar cagada se a velha Chica ver a gente. Porra, só entro no meu quarto se pagar a diária. Toma aqui. Depois tu me pagas.

Na noite seguinte ele voltou. Tu é casado? Tu é gay? Por que essa conversa mole? Vamos pro motel. Fala que não quer transar com a puta e sim com a mulher. Pra ir devagar. Então paga mais. Frescura. Na hora é tudo a mesma coisa. Os caras tão apertados. É só mexer rápido, apertar o pau que eles gozam. Fecha o olho e vem. Não dá nem tempo de lembrar dos caras. Começo a fazer e ele me pede pra ir devagar. Tá bom, tá pagando. Foi bom. Foi legal. Até gozei. De vez em quando é bom. É pra falar se tem namorado? Tenho. O Marcos. Tá preso. Roubo, essas porras. Não sei quando sai. Qualquer dia ele aparece. Eu gosto dele, e daí? Vida torta? Então são dois. Paga. Me deixa ali.

Me fez pensar. Eu sei que sou bonita. As outras são escrotas. Maricélia também é bonita. Mas ela é muito espora com cola, pasta, e aí fica fodida. Prefiro ser puta. Aqui nessa zona eu me acho. Não tem que acordar cedo, obedecer ordem. Não tenho estudo mesmo. Mando na minha vida. Depois, a gente nem lembra a cara dos machos. É só falar mole que eles caem. Parece criança. A gente manda, eles obedecem. E pagam. É ponta, vai de dez, até cinco se estou na roça. O cara acha que eu então devia estar no Lapinha. Nem fodendo. Já fui lá da Creusa. Tem que conversar, beber, depois vai transar. Paga mais mas não compensa. Perguntou dessas figuras que se vestem de mulher, que pedem pra bater. Sei lá. Uma vez o cara tirou da pasta uma calcinha e um vestido. Coisa mais ridícula. Fiz lá uma onda mas pedi logo pra ele meter o pau e pronto. Prefiro meus trocados aqui. É do meu jeito. Quem sabe o Marcos volta e a gente, sei lá, vai pro interior, prum sítio e se arruma. Meu homem. Meu macho. A gente briga muito, se dá tapa mesmo, murrão, mas se gosta. Ele vai sair e vai dar certo. Deu mole, pegaram. Deduraram. Bando de filho-da-puta. Com o Marcos, eu gozo, tá? É isso. Eu gozo. Deixa pra lá que sonho é pra quem tá com a vida ganha.

Três noites depois, de novo. Diz que fica olhando lá de cima. Eu sei. Não sou besta. Já vi. Estou trabalhando. Aí é que eu faço. Ah, porra, vai dizer agora que fica com ciúme. A foda foi boa. De novo. Ganhando, então, melhor ainda. E o coroa lá, todo babado. Maricélia, tu tá é com inveja. Olha essa saia aqui. O cara pagou. Fomos lá no shopping e ele mandou escolher. Fui na C&A mesmo porque eu não gosto daquelas butiques frescas. Mandou escolher. Tu queres essa? Leva. Tem mais.

Quem te mandou entrar? Quem te deu a chave? Égua, tá virando perseguição? Agora tu vens no meu quarto? Não tens o que fazer? Porra, tô dormindo. Depois vai dar a maior cagada comigo se a dona Chica frescar e eu não vou ficar sem esse quarto, tô avisando. Acordo com esse cara aí, me olhando, me avezando. Tá bom pra ti, agora sai. Dona Chica diz que eu vou pro quarto da frente. Ele pagou? Fique sossegada. É só um coroa leso. Deixa comigo. Arrumo minhas coisas. Levo as fotos da Gabriela, minha filhinha e do Marcos. E também os recortes de revista. Quando o sono não chega eu fico olhando.

Agora virou costume. Todo dia, de tarde, ele vem. Paga o quarto, paga a trepada, paciência. Gosta de conversar. Esse coroa tá fodido na minha mão. Tu não trabalha, não ganha dinheiro? Diz que é engenheiro industrial. Sei lá o que é isso. Deve ganhar. Ele diz que não, mas tem carrão, apartamento, paga o quarto, paga a foda. Vou aumentar o preço. E agora ainda vem a Maricélia dizer que a gente podia dividir o coroa pra ela faturar algum. Hum, fodida, fica na tua. Podem falar. Até a velha Chica não diz nada. O cara paga, porra. Podem ficar com cara de bilha que eu tô cagando.

Acordo com aquele tapão na cabeça e me encolho. O Marcos chegou. Está puto. Já contaram tudo. E a filha da puta da Chica está lá fora cacarejando. Foi a Maricélia, invejosa, fresca, puta. Mostro a foto dele, digo que é meu homem, que o coroa não é nada, é cliente, paga tudo. Foi preciso tirar a foto da parede, mostrar, mostrar pra ele se acalmar. E me tomou à força, me comeu, me fodeu com violência, pra matar a sede. Me falou que foi foda. O único descanso na cabeça era pensar em mim. Bater bronha. Dar na porrada pra não comerem o cu dele e se fazer respeitar. Foda, cara. Foda. Tá na condicional. Tá com fome. Vamos comer ali no PF do Carlinhos. Vamos cair fora daqui? Prum sítio, pro interior, sei lá. Diz que tá, mas tem uns acertos pra fazer, dinheiro pra receber, não dedurou ninguém, agora vai descontar. Tu queres sair dessa? Demora um tempo pra dizer, mais tarde. Tenho uns acertos. Maricélia aparece. Vou só ver e dizer que estava na hora de um dos acertos. Sai de supetão e vai andando forte, pisando duro, já sei, vou atrás tentando demover, levando safanão. Entra na pensão e já se atraca com o coroa no quarto. Ele vai matar o coroa de porrada. Ouvi o barulho. Um baque surdo. Silêncio. Abro a porta e olho. Está caído no vão entre a cama e o armário. Sai sangue grosso da cabeça. O coroa está lá, cara de leso, afogueado, com medo. Entendi. Me mando. A Chica vem gritando que chamou a polícia. Já ouço a sirene. Corro pelas ruelas. Num relance vejo Maricélia. Filha da puta. Não dá tempo. Depois faço esse acerto. Me mando. Pego ônibus e nem sei pra onde ir. Sujou. Coroa de merda.

carne fresca

Devia ter ouvido a consciência, que no fundo, lá no fundo, deu toque de alarme, mas é que estava muito envolvida, comprometida, com dívidas, não necessariamente financeiras. O preço de chegar ao círculo íntimo daquela figura era esse. Ele disse que era para levar a garota. Aquela nova, disse. E, nela, via claramente sua própria história repetida. A natureza a dotou de beleza. Nasceu pobre, cresceu pobre, sem alimentação, estudo, conforto. Mas linda. Um dia, na praia, um cara encostou e a convenceu. Arranjou roupas e a levou nos lugares. Pela night. Era carne fresca. Nas feijoadas de sábado, nos eventos, nas festas que rolavam na madrugada e esticavam em apartamentos até as duas da tarde do outro dia. Não estava sozinha. Ela e muitas outras. Os agenciadores faturando. Não era apenas prostituição, mas uma tentativa desesperada de conseguir reconhecimento, um contrato para a televisão, desfile, qualquer coisa que levasse ao estrelato, virasse uma celebridade. Para isso, havia toda cerimônia para chegar aos poderosos e, uma vez lá, saber jogar o jogo. Logo percebeu que não ia dar para ela, mas o jogo, aprendeu a jogar e passou a também agenciar, promover, fazer relações públicas, assessoria de imprensa a jovens starlets. Podia conseguir matéria de nu aqui e ali, participar de programas de TV vespertinos, foto em revistas semanais e, quem sabe, papel em novela, desfiles, desde que permitissem mulheres gostosas na passarela e não apenas aqueles cabides ambulantes.

Quando viu a garota, estava em uma cidade do norte, atendendo convite de amigos, para uma festa popular. Trocaram endereços e, um dia, ela aparece com um book debaixo do braço, CD com músicas gravadas, roteiros de filmes. Será que com toda aquela beleza, ela queria mesmo era dirigir filmes, cantar? Depois, era lucro certo. A menina era muito bonita, corpo cheio, rosto expressivo. Podia conseguir papéis em novelas, sessão de fotos, podia dar um bom dinheiro. Mas para com isso de querer dirigir filme. Os caras vão querer outra coisa. Cabeça dura. Quer vencer pelo talento. Então tá. Mas foi levando nos lugares. As cabeças masculinas se voltavam à sua passagem. Não era tão boba assim. Percebia que era carne fresca no pedaço. Decidiu barganhar coisa melhor. Não respondeu às primeiras solicitações, menores. Queria o cara. Aquele cara era o mandachuva. Com a garota, iria para as cabeças. Talvez até ganhasse emprego na TV, como produtora de elenco, qualquer coisa assim. Na feijoada do sábado ninguém tirava os olhos. Principalmente ele. Uns sessenta anos, grisalho, barriga de quem ama a boa mesa e olhos investigativos, conhecedores do mundo, e pronto a usar seu poder para obter sexo jovem. No final da tarde veio o telefonema. Queria a garota. Se desse certo, a poria na novela mais importante. Faria um rápido curso. Daria certo. Fotos, propaganda, tudo. Se desse certo. Falou com a garota. Estranhou um encontro às três da manhã. Perguntou se levaria seu book. Deixa de ser boba. Alice, acorda. Não percebe a chance? Sim. Ela percebia. Apenas queria mostrar que, apesar de tudo, confiava no próprio talento. Relutou. Primeiro disse que não ia. Fiquei de joelhos. Havia muita coisa em jogo e, se eu falhasse, podia me mudar de cidade. Era o preço a pagar por um grande sonho. Agora dependia daquela guria bonita, mas que pensava em vencer pelo talento. Essa é boa. Foi preciso chorar, suplicar para ela atender. Mas disse que ia levar o book e ele leria tudo. Iria aproveitar a ambição da figura por ela para mostrar seu trabalho. Leva, tá bom, lá a gente vê. Recepção de rainha, mas às escondidas. Em um reservado. Os olhos do cara fazendo como que uma tomografia completa nela. Conversa mole. Ele não parece entender. Não estava ali para aquele tipo de conversa. Atendeu porque os homens às vezes amolecem para as mulheres que cobiçam. Mas ficou impaciente. Olhou o relógio. Foi até o bar pegar uma bebida. Ela aceitou tomar um uísque. Fatal. Ele apostou. Botou droga. Queria que ela ficasse à vontade, para alcançar seu objetivo mais rápido. A garota passou mal. Parada cardíaca. Tinha uma complicação qualquer. A coisa ficou feia. Mandou chamar um táxi. Nos botou dentro. Ainda me olhou de um jeito que disse tudo. Fiquei no hospital aguardando o atendimento de urgência. Vieram me dizer que ela não resistiu. E eu?

a garota cheia de espinhas

Feia? Desgrenhada? Fedorenta? Desmazelada? Linda. Sim. Linda. O que se pode fazer? Dar-lhe um banho de loja? Penteá-la? Limpá-la? Arrumá-la? Não. Certamente, não. Amá-la? Sim. No lugar ao qual pertence. Na sarjeta que ocupa. Beijá-la, suportando seu hálito tresnoitado. Despi-la, cuidadoso, com os andrajos. Colar em seu corpo, sentindo-o pregar-se ao meu, com seu óleo de sarjeta e suor. Ali mesmo, na frente de todos que passam. Ouvir suas imprecações. Seus espasmos. Uma frase inteira. Palavras erradas. Olhares reprovadores. A cuia de queijo-do-reino, com duas moedas de dez centavos, chacoalhando, gritando, queixosa. Lambo sua orelha cheia de cera. Agora começa a gozar, gritando a plenos pulmões "Filho-da-puta!" Me animo e vou junto. Somos despertados daquele torpor a cacetadas de guardas que foram chamados. Eles me põem de lado e a enxotam, catando seus trapos. Esboço um gesto. Refugo. Quedo-me e, enquanto o guarda me pergunta se estou bem, olho-a seguindo seu caminho, colada à parede. Entreolha. De soslaio. Feliz. Linda. A garota cheia de espinhas. Estou bem. Muito bem.

boa fase

Sei que sou feio. A natureza não foi legal comigo. Baixinho. Entroncado. Gordinho. Tipo sanguíneo. Quando fico nervoso, a cara fica um pimentão. O pior não é isso. Problemas na vista. Estrabismo e miopia em alto grau. Podia ter cuidado, mas não havia dinheiro. Também era feliz e não sabia. Fazia tempo que andava encostado. Vivia de bicos. Meus pais garantiam a comida e o quarto de dormir. Às vezes era bom passar o dia de calção, vendo TV. Em outros, queria me esconder ao ver os caras passando para o trabalho. Meu irmão deu a dica e eu fui. A vaga era em uma rádio. Fui na base do que vier eu topo. Operador de áudio. Não sabia nem o que era isso. Topo. Horário de madrugada. Imagine. Topo. Da uma às seis. Na boa. Quem está com precisão... O que precisa saber? Quase nada. A emissora rola só música de madrugada. Precisa estar atento aos horários comerciais, de hora em hora. Precisa ver o mapa. Saber quais são os anúncios. Pronto. Não pode atrasar. Não pode dormir. Você pode não achar, mas a madrugada tem uma boa audiência. Gente que trabalha nesse horário, viaja ou vai deixar parentes no aeroporto, cais, rodoviária. Porteiros noturnos. É cidade grande, meu amigo. Tá. Comecei a praticar. Um cara bacana, o Walber. Aprendi. Ele também deu a dica. De madrugada, acontece de tudo. O quê? Você vai ver.

Estava bem adaptado ao horário. Chegava em casa, ia direto pra cama até o meio da tarde. Quando acordava, tomava café, almoçava, jantava com Zélia e ia pro trabalho. Que Zélia? Era parte da minha felicidade.

A rádio tocava essas músicas americanas que ninguém entende a letra nem sabe quem canta. Nos dias em que fui acertar tudo, encontrei trabalhando um monte de garoto vestido com essas roupas tipo "mamãe, sou gay", sabe? Umas gatinhas bem bonitas, mas muito frescas. Só de olhar, deu pra saber. Mas de madrugada tocava só música romântica. Americana. Não entendia nada. Mas românticas. E a rádio era só minha. Sozinho, na emissora. Sozinho é modo de dizer. Na verdade eu logo entendi o que o Walber me dizia quando estava praticando. O telefone não parava. Ligavam para pedir música, o que não podia atender, pois tudo era pré-gravado. Com o tempo, aprendi a fingir que anotava as músicas e dizer que mais tarde ou no dia seguinte tocaria. Ligavam pedindo informações. Para reclamar. Para chamar a polícia. E, principalmente, ligavam solitários. Homens e mulheres. De várias idades. Comecei a conhecer alguns pelo timbre da voz. Fiquei com pena de uma. Ela chorava por falta de companhia. Queria apenas conversar. Me convidou para tomar o café da manhã. Quer mesmo? Fui. O Deco chegou antes das seis. Peguei o ônibus. Era uma mulher bonita, de uns 45 anos, solteirona. Abandonada recentemente. Conversamos. Me abraçou chorando. Acabamos na cama. Solidão é fogo. Houve várias outras nas noites seguintes. Nem tudo foi sucesso. A maioria, talvez, não. Eu batia na porta. A mulher me olhava, se decepcionava, batia na minha cara. Paciência. Me olho no espelho todos os dias. Um cara me chamou. Garantiu que não era gay. Só bate-papo. Me pediu para ir de táxi. Pagava. Era gay. Me deu um CD player de presente. Sim, eu fiz. Aí veio a Zélia. Uma gatinha. Uns 23 anos, talvez. Estudante universitária. Solitária. Me achou feio, mas abriu a porta. Começamos a conversar. Viramos amigos. Fizemos sexo algumas vezes. Mas somos amigos. Eu ia, todas as noites, antes de pegar no trabalho, jantar com ela. Às vezes ela ia para a rádio comigo. Uma vez, perdi o horário dos comerciais porque estávamos transando em uma das salas. Dois dias depois recebi uma advertência. Não sabia que essas agências mantêm gente escutando rádio o tempo todo para conferir se o comercial saiu ou não. Outra, me atrasei. Com Zélia. O Beto reclamou. Quando vai chegando a hora dá uma fissura imensa de sair dali. O sacana botou na folha de ocorrência. Fui lá de dia, e o moleque que é diretor me ameaçou. Fique tranquilo. Foi uma emergência. Mamãe doente. Deixe comigo.

Nunca minha vida tinha sido tão movimentada. Todas as noites, sexo. Bem, algumas não davam certo, já disse. Uma lá queria levar uma surra de chicote. Outra queria apenas dançar no escuro. A bichinha queria ser mulher. Era preciso ter bom ouvido. Eles queriam falar. Depois, o sexo era quase natural. Não queriam saber se eu era baixo, gordo, sanguíneo, vesgo. Queriam companhia. Eu dava. Em casa, de dia, ninguém fazia barulho para não me acordar. Afinal, eu trabalhava muito.

Naquela noite eu ia pegar o rango na Zélia, tranquilo. Toquei a campainha. Um homem abriu a porta. Um senhor. Escancarou. Ao fundo, Zélia, cabisbaixa. É ele? Perguntou. Ela balançou a cabeça. Ele começou a gritar. Ia chamar a polícia. Estuprador. Sedutor. Chantagista. Tarado. Tentou me puxar para dentro. Acho que ia me bater. Saí correndo. Na rua, peguei um táxi. O Beto até estranhou eu chegar mais cedo. Afogueado. Tremendo. Quem será o cara? O pai da Zélia?

Fiquei ali tentando fazer passar o efeito do susto. O Beto foi embora. Tocou a campainha. No olho mágico, o cara novamente, e a Zélia ao fundo. Fiz que não ouvi. Voltei lá pra dentro. Tocou o telefone. Ele gritando. Desliguei. Deixei fora do gancho. Vai ficar batendo até cansar. Abriram a porta. O moleque, o tal que é diretor. O cara e a Zélia. Dois caras da polícia. Maior barraco. O moleque bancou marra. Que estupro e sedução se a menina era de maior? Os caras foram embora. Ele ligou pro Walber. Acordou o cara. Mandou ir lá para a rádio. Eu estava despedido. Tudo bem. Deu merda. Deixa pra lá. O que me deixou mais puto foi o cara, pai da Zélia, gritando que a Zélia podia se meter com qualquer um, menos com um cara como eu. Olha pra ele! Olha pra ele! Por que logo com ele? Eu sei que sou feio, mas estava numa fase muito boa. Isso eu não falei porque ia acabar pegando pro meu lado. Agora estou de volta à poltrona, bermudão, vendo TV o dia todo. Mas eu estava em uma fase muito boa.

confissão

Foste tu
Morre
Foste tu
Morre, anda
Foste tu
Tá, foi
Ah...
Porra

presente de natal

A mulher se mudou para o apartamento ao lado nos primeiros dias de dezembro. Ao ver aquele entra-e-sai de móveis, foi até lá oferecer ajuda, um cafezinho, essas coisas. Bonita, ela. Trinta e tantos, branca, cabelos castanhos, corpo bem-feito. Executiva de um banco. Solteirona. Bem moderna, ela. Sem família. Sozinha. Vizinha. Trabalhava muito. Pulava de cidade em cidade, modernizando agências, dinamizando desempenhos. Então, tá. Seja bem-vinda. E como. O marido chegou na hora do jantar, falando que subira com a nova vizinha. Simpática, ela, não? Bonita, sim, bonitona, a vizinha. Dei as boas-vindas. Cinco dias depois, o marido avisa que, olha que coincidência, a vizinha é a gerente do banco que atende, lá, a firma. Sabe que ela é boa de negócios? Bem durona, mas com boas ideias, viu? Amanhã vamos almoçar juntos. O Queiroz vai junto. É para fechar uns investimentos. Por que não convida para jantar, um dia, aqui, conosco? É, eu vou convidar. Qualquer dia desses.

Os dois garotos fizeram amizades. Precisa ver, mãe, ela tem uns DVDs de rock ótimos, e a internet dela é bala. Muito legal. Precisavam ficar até tarde assim? Depois, DVD, computador, internet, tudo isso vocês têm aqui. A mulher tem que trabalhar, sair, sei lá. Ela não tem namorado? Hum, deve ter, não é? E vocês ficam assim, lá, ocupando o tempo dela. Cuidado para não acabarem enxotados... E ela que não se meta a saliente com vocês. Duas crianças...

Foi a Hilda que ligou e fofocou. A Davina, amiga dela, dona de um restaurante por quilo ali no Centro, viu o marido almoçando com uma mulher bonita, sabe, bem bonita, corpão, cabelos castanhos, assim, dessas que trabalham em escritórios, bancos, sei lá. Deve ser coisa de trabalho, né? Pergunta pra ele...

Mas como perguntar? O cara chega, janta, liga a TV no futebol. E futebol, agora, tem todo dia, né? Depois, os assuntos entre eles já estavam esgotados. O que falar? Nunca a deixara trabalhar. Acostumara-se em casa, cuidando dos afazeres domésticos. Poucas amigas. Via a televisão de manhã, de tarde, de noite. Sempre em casa. Os filhos estavam crescendo e tinham seus assuntos. Ela e o marido... De vez em quando, à noite, ela, na cama, tinha, assim, que se esfregar nele, provocar, mesmo, para ter sexo. Ele, mesmo, sei lá o que ele tem. Mas, ultimamente, nem se esfregando... Maria, hoje não vou almoçar em casa. Vou sair com a Hilda, almoçar com ela, viu? Cuida da comida dos meninos. O restaurante era próximo ao trabalho do marido. A única agência próxima daquele banco era aquela, onde a mulher trabalhava. Havia muito movimento. Não seria notada. Pouco antes do meio-dia ela o viu chegando e entrando. Normal, foi ver o saldo. Não. Saiu. Ela também. Com ele. Começou a segui-los. Um quarteirão depois e já estavam de mãos dadas, alegres, sorridentes, felizes. Aproximou-se, chegou a ficar dois passos atrás, ouvindo suas conversas, brincadeiras. Entraram em um prédio. Ficou, de longe, olhando. Sim, uma espécie de hotel. Foram até o balcão e, em seguida, para o elevador. Podia estar enganada. Foram fazer negócios, sei lá. Deram as mãos, sei lá, deve ser invenção minha. Agora vou ficar aqui, na frente, aguardando. Comprou um pacote de biscoitos para aplacar a fome. Estava até distraída quando os viu saindo. Ele, com o cabelo molhado, ela toda alegre, rebolando, aquela escrota, puta filha da puta, e ele também, filho-da-puta, nojento, sacana. E beijou! Sim, na rua, ele a beijou, apaixonado, como nunca mais a beijara nem em casa, nem no quarto, nem na cama, porque a comia, depois virava e dormia. É isso, então?

Estou pensando em convidar a vizinha, como é mesmo o nome dela, para passar a noite de Natal aqui, conosco. Não tem parentes, mora sozinha... A não ser que tenha convite de outros, até colegas de trabalho. Mas é que vocês todos ficaram tão amigos. Esses dois todas as noites agora ficam aí do lado, importunando, mexendo no DVD, computador, parece até que não têm em casa... você a tem como gerente da conta, de vez em quando almoça, com o Queiroz indo junto... Eu é que acabei sem fazer amizade, também, com ela, que parece irresistível... Vocês não acham uma boa ideia? Vocês fazem o convite? Não precisa trazer nada. Vocês sabem como tudo é muito simples aqui. Uma noite em família...

Vizinha! Quanto prazer você ter aceitado o nosso convite. Espero que não tenha atrapalhado seus planos, não é? Quem sabe uma festinha especial? Aqui é coisa bem família... mas é que eu pensei em você, talvez, sozinha, sem parentes, em uma véspera de Natal, não é? Olha, pode entrar, essa é nossa casa. Essas duas crianças você já conhece muito bem, não é? E aproveito para pedir desculpas pelos dois, que agora deram de, todas as noites, incomodá-la, tão cansada do trabalho, querendo ficar só, com suas coisinhas... Ele, bom, você bem sabe, trabalha com a conta, no banco... Olha, fica à vontade. Quer que eu te mostre a casa? Ah, vem por aqui. Bem, esta é a sala de estar, com a árvore e os presentinhos... Ah, você trouxe? Não precisava... Ponham ali, por favor, para nós? Abrimos os presentes somente depois da meia-noite, viu? É tradição... Esta é a sala de jantar, a cozinha, é, é ampla mesmo, esses prédios antigos, se têm uma coisa boa, é o tamanho da cozinha... e os quartos, sim, são também grandes, desculpa qualquer desarrumação, mas é que eu sou sozinha nesses dias, e eles, você sabe como os homens são, desorganizados, vão passando e jogando tudo pelo chão... venha ficar aqui, na sala de estar... à vontade, eu vou ali na cozinha ver como está tudo, para servir na hora certa... ah, não, nem pensar, querida, nem pensar... você é visita, visita! Faço questão, por favor, muito obrigado, não preciso de ajuda... sim, sim...

Ficou olhando, pela fresta da porta, a vizinha com os filhos e o marido. Dela. Não da vizinha. Tão animados, conversando, rindo. Até levou um susto quando vieram em sua direção. Iam mostrar a ela o quarto, o computador, essas coisas. Vai, vai. Não repara na desarrumação... O marido, meio desconcertado. Parecia não saber onde pôr as mãos. Já não dava para disfarçar algo que era mais que simpatia, cortesia com uma visita.

Olha, prove este suco que eu mesma fiz. É especial da casa, viu? Querido, você também... Crianças, por favor. Não, não me façam desfeita, viu? Coca-Cola, depois. Agora é o suco da mamãe... Isso...

Ih, meia-noite! Feliz Natal! Feliz Natal, querida! É tão bom tê-la aqui, conosco, em nossa casa... os meninos adoraram. Nós também. Presentes? Sim, os presentes. Obrigado, crianças. Obrigado, amor... Ah, não precisava... Bem, agora eu vou lá dentro buscar o presente de vocês, tá?

Como podem ver, eu estou de saída. Meu presente de Natal está aí, ao lado de vocês. Ela é o meu presente de Natal para vocês. Ela. Esta aí. Esta mulher. Não a queriam tanto? Vocês, crianças, todas as noites, direto, no apartamento dela? E você, meu amor, sim, você que almoçava com ela e, além de almoçar, também fazia sexo em um hotel lá do Centro, não é? Pois é. Eu sei. Eu vi. Eu acompanhei os dois pela rua, felizes, se beijando, de mãos dadas, como nunca andou comigo, nem nunca mais me beijou. E você, minha querida, com toda a desfaçatez, morando aqui do lado, tendo na cama meu marido, na hora do almoço, e meus filhos, à noite. Está tudo bem para vocês, não é? Está tudo bem. Este é o meu presente de Natal: ela. Quanto a mim, vou embora. Não. Não digam nada. Vai ser pior. Eu estou bem. Muito tranquila. Adeus. Saiu.

Perplexos, não tinham explicação. As dores vieram em seguida. Dores terríveis que os fizeram se contorcer no chão e morrer, rapidamente.

Na portaria, ela desejou Feliz Natal ao porteiro. E sumiu.

fala

Ih, seu Tatá, eu hoje não estou boa, o senhor já me conhece, quando eu chego assim, meio escabreada, quando não respondo logo Bom dia pro senhor, hoje é daqueles dias, ah, o senhor não vai querer ouvir, vai dizer que eu vivo no mundo da Lua, vai me falar que a culpa é do Valdeci, que já não me procura há mais de mês, porque não pode ser o salário que o senhor me paga religiosamente, mais os vales-transporte, as cestas básicas, presentes para as crianças no aniversário e no Natal, eu já sei, seu Tatá, eu já sei, mas o senhor sabe, pobre não tem defesa e, sendo mulher, pior ainda, eu hoje desci do ônibus, o senhor sabe, aquele que eu pego às quatro da manhã porque, Deus me livre, eu sou uma doméstica pontual, estou aqui às oito em ponto, chova ou faça sol eu já estou aqui porque não vou querer saber que o senhor acordou, veio tomar seu café, veio tomar água, sei lá, ou está acordado, porque o senhor nem dorme às vezes, não sei como aguenta, mas eu não vou querer que o senhor entre nesta cozinha e não me veja, nem que seja pra dar Bom dia e eu não responder logo, como hoje, mas é que eu desci do ônibus e vinha subindo ali a Perebebuí, que eu subo toda vez porque acho o melhor caminho pra cá, desde aquele episódio daquela mulher maluca, o senhor lembra, vou passando na frente daquela banca de revistas, aquela do Seu Otávio, onde pego o seu jornal e trago bem dobradinho e só passo a vista, um lance d'olhos nas manchetes, pro senhor ter o seu jornal novinho, sem ninguém pegar, não é? pois o senhor sabe que eu vou chegando, ele me conhece, ele sabe o que eu vou fazer ali, e o tal do Seu Otávio não fica dizendo umas coisas, que eu fiz que nem ouvi direito, umas falas meio mansas, acho que falava do meu tornozelo, das minhas pernas, sei lá se falou coisa baixa, cruz-credo, que o senhor sabe que o diabo está sempre à espreita, seu Tatá, pois parece que baixou uma coisa em mim e eu olhei bem firme pra ele e disse que me admirava muito aquela falta de respeito, aquela, sei lá, e pois então o senhor sabe que ele deu um sorriso torto e disse que, eu não sei se eu digo, pois o senhor pode pensar mal de mim, sei lá, ele falou que tinha tesão por mim, o Valdeci se sonha com isso me bate, e então eu olhei firme pra frente e saí andando e pisando duro, pra ele saber com quem estava mexendo e ah, seu Tatá, se eu não fosse pobre e assim, miudinha, olha que eu dava-lhe na cara, enfiava a mão naquela fuça e ele ia ver com quem tinha se metido, isso mesmo, e no caminho de lá até aqui eu olhava pra trás porque nunca se sabe, pode ser um tarado, e eu andei mais rápido que cheguei até afogueada, quase dei de encontro com a Marcineide, aquela moça do 409, aquela, seu Tatá, que mora também lá no Jardim Carmosina, coitada, pro senhor ver que a desgraça da gente é tão pequenina, ela não veio me falar do Osório, o sobrinho dela que ela criou depois que a irmã foi tomada pelo demônio e se mandou pra vida, ela que já era mãe solteira e vivia de favor, sabe? pois não é que o Osório foi preso com uns pacotinhos de maconha, maconha, que eu nem digo alto essa palavra, como é? sim, trouxinhas, como é que o senhor sabe? essas crianças de hoje, eu bem que vi que ele sumiu lá do culto, o pastor Jorge vivia perguntando por ele, eu bem que via ele daqui pra lá, de lá pra cá, com uns meninos estranhos, umas meninas com essas calças, seu Tatá, sabe essas calças assim com o cós baixo, aparecendo a calcinha, a calcinha! onde já se viu, imagina se o Valdeci me deixa usar essas calças, porque o senhor sabe, seu Tatá, debaixo dessa roupa aqui tem um corpo, tem um corpo, o Valdeci dizia, porque ultimamente, bom, ele não tem me procurado, que o meu corpo era de uma fada, o senhor sabe que ele nunca me deixou cortar o cabelo, né? e quando eu soltava o cabelo pra ele era uma festa, mas sim, o Osório está preso e a Marcineide me disse que a família está fazendo coleta, levando comida, pagando um advogado, um rapaz novinho, que se formou há pouco tempo, pra cuidar do caso, mas ele disse que tem um comissário lá na DP que está pedindo dinheiro pra relaxar, relaxar a prisão, né? falou que é detenção de drogas, ih, coisa feia, coitada da Marcineide, esses garotos, eu devia pedir pro pastor Jorge ir até lá, mas ele me fez passar uma vergonha, seu Tatá, o senhor sabe aquele vestido vermelho que eu tenho, que eu gosto, que eu visto às vezes só pra ficar na frente do espelho? pois é, no sábado, me deu uma vontade, acho que foi a Lua, não foi Lua cheia no sábado? eu botei o vestido, assim bem colado na cintura, com uma costura aqui, em cima, o senhor entende, no busto, sabe? pra realçar... e resolvi soltar o cabelo, o senhor conhece o meu cabelo, assim, grandão, até o meio das costas, claro, já lhe mostrei, o senhor insistiu tanto naquele dia, eu soltei, o senhor achou tão lindo, não foi? pois é, fui pro culto, levei comigo o Tiquinho, o seu preferido, que anda tão saído, tão saído que eu até quero que ele leve uns passes pra ver se deixa de tanta confiança, eu vou trazer ele pro senhor ver qualquer dia desses, ah, sim, onde estava, pois não foi que o pastor Jorge ficou me encarando o tempo todo, ficou até chato, as pessoas notando, eu pensando no Valdeci, se ele entra ali estava frita, mas ele não entra ali porque tem revolta da minha conversão, ele diz que é católico e não pisa no templo, mas o senhor sabe, não reza, não vai à missa, vive cheirando à bebida, e fico ouvindo tanta coisa, tanta coisa, que no Jardim Carmosina todo mundo se conhece, e tem umas fofoqueiras que vivem matracando, matracando, e eu me fazendo de surda, rezando uma ave-maria pra não entrar na minha cabeça essa história de ele estar metido com outras, outras, sei lá, não quero saber, pelo menos ele não me passa doença do mundo, que ia ser pior, igual aquele seu amigo, lembra, ih, desculpa, pode falar? pois é, aquele seu amigo, Mariozinho, tão bonitinho, educado, jeitoso, o senhor sabe que eu gostava dele, dizia umas coisas lindas pra mim, sem confiança, sabe, gentileza mesmo, tem gente que é gentil assim, natural, sem confiança, o Mariozinho que adoeceu e, puxa, eu nem tive coragem de ir no velório, coisa estranha, fiquei triste, até lagrimei, ah, sim, pois depois do culto o pastor Jorge não me chama e na frente do Tiquinho me fala que eu estava chamando muita atenção, que aquele vestido era muito provocante, que o vermelho era a cor do diabo e principalmente que eu prendesse o meu cabelo para sempre, porque ele sentia, ele sabia, que quando eu soltava o cabelo tudo podia acontecer, pela força dele, pela beleza dele, que eu podia causar problemas nas ruas, na comunidade, e que quando ficasse com vontade de soltar o cabelo e vestir o vestido vermelho que fosse lá com ele, antes, conversar, pra ver se saíam aquelas ideias, aquelas coisas, que coisas, pastor Jorge, que o Tiquinho aqui já vê novela todo dia, naquela televisão que o senhor deu, usada, mas ainda boinha, e vê de tudo, e ele não quis me dizer, e, olha, nem perguntou pelo Valdeci, e eu saí dali, olhei pra trás e aquele olhão do pastor Jorge, eu, hein, não sabia se corria pra casa trocar a roupa, prender o cabelo, ou se dava uma volta na praça, assim, toda bonita, cabelo solto, só pra testar, sabe, pra saber se aquela força que o pastor Jorge falou e que eu sempre acreditei era mesmo, mas fui mesmo pra casa, que eu fui bem criada, não sou oferecida nem vou dar motivo, que eu tenho filhos pra cuidar e, claro, aquele vadio do Valdeci não estava, foi por isso, o senhor lembra, que no dia seguinte eu vim trabalhar de cabelo solto, vim subindo pela Perebebuí, pra passar lá na fruteira, pegar aquele mamão que o senhor gosta de comer no café da manhã, mas sabendo que eu queria era tentar o Seu Pedro, fruteiro, que vinha sempre com aquela conversa mole, olhando pras minhas pernas, mesmo quando eu passei a andar com vestidão, que todo mundo usa lá no culto que é pra não dar tentação, mas eu, pois eu vim mesmo com o cabelão solto e passei lá na frente, entrei assim como quem não quer nada, de mansinho, pegando nas frutas, amassando, sentindo o olho do Seu Pedro, e então aquela maluca apareceu, porque só pode ser maluca daquele jeito, a mulher dele, que eu pensei que ia dar escândalo e já ia me esgueirando pra sair quando ela veio se chegando, se chegando, pegou no meu cabelo, e eu sem saber se dava uma rebanada, onde já se viu pegar no cabelo de estranha, assim, amassando como eu amassava as frutas, toda melosa, eu, hein, dona, nunca vi disso, quer dizer, já pensou, aqueles dois, será que eles são tarados, atacam as mulheres, comigo não porque eu sou direita, sou pobre mas sou direita, não quero saber dessas coisas, me desejando, eu, hein, saí de banda, encabulada, mas chegando na rua, ainda tremendo do caso, andando rápido, até tropecei nas botinas, segurando a bolsa e a sacola, tentando amarrar o cabelo, prender, sei lá, que eu até errei de rua, passei um quarteirão inteiro e o senhor até me deu bronca, mas eu sei, eu sei muito bem que foi o cabelo, a tentação, pois quando eu solto esse cabelo ninguém segura, tem assim uma coisa que atrai, que deixa doidas as pessoas, e de noite aquilo não tinha passado e eu acordei o Valdeci de madrugada, suando, tremendo, sei lá, e cobrei dele, cobrei na moral, porque a gente também não vive sem, né?, tem homem em casa e de vez em quando tem que ter, e ele até gostou, até gostou da minha vontade, até se assustou porque eu tirei a roupa, o lençol, porque estava com muita vontade e esqueci inteiro o que mandam no culto, não interessa, depois eu faço doação, coloco tudo ali, meus pecados, e estou perdoada, eu sei, eu junto dinheiro, eu pago por isso, mas foi o cabelo, eu sei, e até fiquei pensando no Seu Otávio, lá da banca de revista, esse então tem que ser mais doido ainda porque eu nem soltei o cabelo, nem estava carecendo, o senhor sabe, e depois, se o Valdeci ouve falar disso já viu, vem pra cima de mim com aquela garganta, até cinto ele puxa, diz que vai me ensinar, imagina se ele trata assim aquelas vagabundas que eu sei que ele se mete, o Jardim Carmosina inteiro já sabe, imagina eu que faço de conta, porque sou direita, porque sustento a casa, que aquele emprego de cobrador de ônibus não dá nada, e aquela mãe dele que nem dá por conta mais desse mundo sou eu que ainda dou banho, dou comida e limpo até a bunda, o senhor me desculpe, mas hoje é daqueles dias em que a gente tem que se controlar, porque esse mundo é muito danado e eu não sei nem se o seu café está do jeito que o senhor gosta, mas, olha, o seu jornal está ali, direitinho, o senhor já viu como pegaram o estuprador do parque, viu, porque esse mundo também está cheio de homem e mulher doente e, oh, vai querer pão sabrecado ou não?

oi

Ninguém tem nada a ver com isso. Minha vida. Eu. Quem quiser que fale. Que ria. Que vaie. Fofocas. Vivo do meu jeito. Comigo. Eles falavam que precisa ter mulher. Filhos. Família. Não deu. Houve uma. Chegava em casa cansado. Dizia oi. Não respondiam. Ficava comigo mesmo. Um dia saí e não voltei. Fiquei na rua. Achei um canto. No meio do mundo. Uma grande avenida. Gente passando. Barulho. A faina. Carros. Ninguém se vê mesmo. O cara deixou a cadeira de engraxate dando sopa. É minha. Passei a noite. No dia seguinte, chegou todo mordido. Mostrei a faca. Nem precisei falar alto. Agora é minha. Ele foi. Chegou um gringo. Mostrou o sapato. Dei um lustro. Pagou uma banda. Um trombadinha foi comprar pra nós dois. Café da manhã. Veio outro. Almoço. Uma lata de tinta jogada fora. Põe água. Tomo banho. Os barões jogam fora. Caixas, papéis, papelão. Banho tomado, assisto o final da tarde. A pressa dos que voltam para casa. Vão dizer oi. Tá. Arrumo a cama com papelão. Faço uma parede. Durmo. É silenciosa a noite ali no Centro. Lá vem o dia. E os caras, apressados. Umas donas gostosas. Quando dá vontade, as putinhas fazem por cinco reais. É coisa rápida. Sempre foi assim. 1, 2, 3. Que bom. Assisto o mundo à minha frente. Não dou opinião. Apenas coleciono imagens. Agora há uma banca de xérox na esquina. Um guardador de carros. Um carrinho de lanches. Família. De outro jeito. Família do mundo. Falamos. Contamos piadas. Trocamos favores. Não perguntamos nomes. É só assunto do dia. Do nosso dia. Às seis eles vão dizer oi. Eu fico. Vou dizer oi porra nenhuma.

Os moleques pediram pra adiantar um pouco da cola. Eu devia umas. Parece que forçaram uma barra lá na praça. De manhãzinha os meganhas vieram. Alguém dedurou. Seguraram forte, aqui no braço, e no resto de cabelo no cocoruto. E ainda aquela viada escrota, velha, que mora no casarão, falando aquelas porras de sempre, me chamando de vagabundo, mendigo, drogado, traficante. Vá se foder. Me jogaram no pátio na Seccional do Comércio. No chão, levantei a vista aos poucos. Foda. Turma da pesada. Endireitei o corpo. Encarei. Alguns já me conheciam. De vista. Foda. Fiquei ali. Mofei. Escrotice. Um dia, trocou o delegado. O cara decidiu fazer limpeza. Me jogou fora. Sem culpa formalizada. Que dia era? Sei lá. O mundo aqui fora, de novo. Fui lá na casa. Entrei e disse oi. Os moleques cresceram. A mãe foi levar a roupa lavada para a patroa. Então tá. Tchau. Voltei. A cadeira tinha sumido. Um carro de cachorro-quente no lugar. Do lado, um espaço. Fui andar. Achei uma cadeira. O velhinho arrumou a trouxa e foi dizer oi. Botei lá no espaço. Dormi sentado. O cachorro-quente veio encrespar. A galera falou por mim. Tá. Dando um lustre nos sapatos. Um cuspe e brilha. Vou atrás de papelão. Meu quarto, ali, no meio do mundo. No meio do lixo, um cachorrinho, filhote, perdido. Vem comigo. Improviso uma mamadeira na garrafa descartável de Coca-Cola. Ele fica. Hoje é amigo da esquina. Fica por ali e todo mundo gosta. Não tem nome. Ninguém tem. E então ela chegou. Dessa gente, tem muito. Se tem fome, joga pedra, faz um bode, come manga. Se tem sono, deita no chão e dorme. Ficou ali, chupando uma manga batida, lentamente. Descalça. Pés imundos. Toda imunda. Deitou nos degraus de uma portaria de prédio fechada e dormiu. Deixa pra lá. No dia seguinte, sumiu. Voltou. Ficou ali, calada, olhando para nada. Me atraiu. Joguei um pedaço de pão. Ficou olhando um tempão. Ah, foda-se. Quando olhei de novo, o pedaço não estava. Bom. Fui preparar meu quarto. Ela está sentada na cadeira. No meu trono. Fico brincando em volta, assobiando qualquer coisa. Ela, nada. Peguei a lata. Tinha um resto de água. Lavei os pés. Ela continua olhando o nada. Mas havia um fio de sorriso. Me animo. Assobio à sua volta. Faço uma dança. Ela levanta e sai. Vai para o seu degrau. Deita e fecha os olhos. Lá, o fio de sorriso. Que coisa. No dia seguinte foi aquela farra. A galera zoando. Namorada, namorada. Fechei a cara. Namorada o caralho. Até peguei a faca. No fim do dia ela chegou estranha. Tremia, batia na cabeça, lagrimava. Não sabia se chegava junto. A gente nunca sabe. Se acocorou num canto e ficou. Sei lá. Deitei. Me acordou. O cachorro nos braços. Passando a mão na minha cabeça. Me assustei. Quase bati. Agora, eu tinha certeza, ela olhava pra mim. Assobiou minha música. Chamei pra deitar. Não era pra tirar confiança. Só pra deitar. Ela não veio. Levantei. Ficamos ali, a noite inteira. Calados. De vez em quando eu assobiava, ela respondia. Dormi. Ela foi. Mas agora volta mais cedo. Já estou pronto. Dou um lustre na bota. Não falei da minha bota? De caubói. Com desenhos. Meu tesouro. Sento no trono e espero. Quando ela chega, assume. Deixa falarem. O cachorro gosta. Assobiamos. Agora já ri. Às vezes dorme um pouquinho. Tem um sono esquisito. Curto. Diz coisas. Pede desculpas. Que não, não e não. Sei lá. Quando acorda, fecha a matraca. Passei a mão no rosto. Olhou, riu e chorou. Só. Somos eu, o cachorro e ela. No meio do mundo. Pra mim está bom. E nem dizemos oi.

ordens são ordens

Ordem é ordem. Ordem é para ser cumprida. Urinou no banheiro. Aproveitou para dar uma olhada na arma. No silenciador. Nas balas. Lavou as mãos. Foi até a garagem e pegou o carro. Deu a volta e ficou à frente da casa aguardando. Ela saiu. Linda como sempre. Ele deu a volta, abriu a porta. Não deixou de olhar o movimento de pernas e uma rápida vista de suas coxas. Desperdício. O chefe sabe o que faz. Ela deu o endereço. Ele trancou as portas. Olhou pelo retrovisor. Às vezes a via, de soslaio, pela casa. Fazendo as unhas. À vontade, de short. Belíssima, morena, pele bem tratada. O cabelo, negro, farto. Seios, bunda, pernas. O chefe que me desculpe, mas os olhos não podem deixar de segui-la. Ela sabia. Sempre soube. Na casa, um entra-e-sai de atendentes, capangas, pistoleiros, homens de negócio. Ela como uma rainha. E agora. Sabe-se lá. Quando dobrou na Almirante Barroso ela disse que estava errado. Queria ir ao Iguatemi, não ao Castanheira. Ele fez que não ouviu. Sabia que ali começaria tudo. Ela avisou novamente. Se aborreceu. Perguntou se era doido. Ia fazer queixa. Pegou o celular. Discou. Não atendeu. Resmungou. Ele ia ver com quem estava se metendo. Deu-lhe pancadas nos ombros. Nas costas. Não reagiu. Manteve o volante firme nas mãos. Aos poucos ela foi caindo em si. Fez perguntas. Chegou ao ponto certo. Seu silêncio foi a resposta. Afundou-se no banco. Tentou ligar novamente. Testou as portas. Procurou na bolsa, em vão, alguma arma. A sensação de já estar dentro de um caixão, com ar condicionado e em movimento. Perguntava-lhe a razão entre gritos e choro. Calou-se. Tentou seduzi-lo. Jogou para o banco da frente um cordão de ouro. Abriu a carteira e jogou cédulas. Comentou que o próximo seria ele. Não poderia haver testemunhas, portanto ele seria o próximo. Parecia convincente. Ordens eram ordens. O patrão o chamou por confiança. Entrou em uma estrada de piçarra. Bateu desespero. Gritou mais alto. Esperneou. O carro balançava. Tentou agarrar seu pescoço. Precisou dar um tapa forte para mostrar sua posição. Parou em uma clareira. Saltou. Abriu a porta. Ela se recusava a descer. Ele não ia atirar ali. Iria sujar de sangue o carro. Puxou-a bruscamente. Ela saiu aos tropeções. Ajoelhou-se. Uma última tentativa. Tirou o vestido. As roupas de baixo. Ficou nua em sua beleza imponente. Ele olhou. Admirou. O corpo dela tremia, os seios eriçados. Esse chefe é doido mesmo. Um material desses. Deixava trancado em casa só pra usar. Ela o incitava a fugir com ela. Ficaria com ele. Seria só dele. Aquilo tudo seria dele. Pra fazer o que quisesse. Na hora que bem entendesse. Ela faria tudo. Ajoelhou. Chegou rastejando. Abriu a sua braguilha. Pegou o membro e o beijou. Começou a chupar. O revólver em sua cabeça. Olhou pela última vez aquele rosto antes tão altivo, agora descabelado. Bela mulher, nua, apavorada. Ordens são ordens. Um tiro rápido no meio da testa. Ela voou no chão. Ainda tinha espasmos. Ele a puxou pelo cabelo e deu outro tiro na nuca. Para confirmar. Ficou olhando aquele corpo. Tocou nos seios. Amassou. Passou os dedos pelo púbis. Virou-a. Amassou sua bunda. Esse chefe é doido, mesmo. Foi atrás do carro e trouxe uma lata com gasolina. Tocou fogo. Ficou assistindo. Cavou um buraco próximo a uma árvore. Enterrou. Suado, mãos sujas, limpou-se com uma flanela. Vestiu a camisa. Recolheu o cordão, anéis, dinheiro. Colocou de volta na bolsa. Voltou para contar ao chefe. Ordens são ordens.

sabrina

Meu nome é Sabrina. Verdade. Tá pensando que é mentira? Olha aqui. Tá vendo? Sabrina. Vamos foder? Eu acalentei por muitos dias esse encontro. Moro no centro da cidade, edifício antigo, em uma avenida tradicional. Atrás, fica a zona do meretrício. Em tempos idos era uma festa. Hoje é um arremedo, com mulheres esfomeadas, enlouquecidas, apodrecendo ao ar livre, entregando seus corpos em cortiços imundos. Passam dia e noite ali, à espreita. Cola, cachaça, farra, discussão. Nos prédios, ouve-se tudo. E vê-se também. Eu a vi. Completamente diferente das outras, seja no tipo físico, no porte, no jeito de lidar. Deslocada. É só o que pensava. Sabrina, agora sei seu nome, tem a tez branca, traços finos, corpo esguio, pernas ligeiramente arqueadas, conferindo um grande charme ao seu andar. Nunca está cheirando cola ou bebendo com as outras. Desfila narizinho empinado, roupas baratas mas que lhe caem muito bem, aguardando convites. Uma vez esperava o portão da garagem abrir e ela chegou junto. Me empresta um dinheiro. Estou com fome. Hoje não fiz nenhum programa. Quer uma chupada, coisa rápida? Adiantei uns cinco reais. Disse obrigado e caiu fora. Subi e continuei na observação. O que faz uma garota bonita acabar nesses escombros, lidando com farrapos, entregando seu corpo a qualquer um, pagando qualquer coisa?

Por isso, quando ela perguntou, naquele misto de sensualidade e tentação, oferecendo seu produto, se queria foder, eu disse que não era bem assim. Que a observava. Que a achava linda, diferente, charmosa, inteiramente deslocada em relação às colegas do pedaço.

E que precisava primeiro entender a razão. Não soube dizer. É porque gosta? Não. Tinha uma filha para criar. O pai a expulsou de casa. Não era fácil encontrar emprego. Não. Não com aquele rosto, aquele corpo e, certamente, com a esperteza adquirida na rua. Ou, então, por que não estava em local de prostituição de melhor nível? Não gostara. Tinha de sentar, conversar, beber, e às vezes não dava tanto. Ali, na rua, era jogo rápido. Como assim? Jogo rápido. Vamos? Vamos. Então é ir para o quarto e forçar o gozo rápido. Quem procura uma puta está apertado. E não tem quem queira demorar, fazer carinho, essas coisas? Não dá tempo. Entra, pá-pum e paga. Ou então paga mais caro, pra valer a pena o tempo perdido. E essas coisas de cheirar cola? Comigo não. É que elas ficam com fome e a cola distrai. Às vezes aquela tua amiga... Quem? A Maricélia? Deve ser, fica bem doidona, grita, esculhamba com todo mundo, desafia pra briga... É noia, sabe? Noia. É da cola, às vezes da pasta. Comigo não tem essa. E aí, vamos foder ou só passear? Onde tu vais ficar? Dá a volta porque aqui é rolo. Me dá qualquer coisa, aí... Escuta, tu não és nenhum pastor desses aí, não?

Sexo por dinheiro. Eu pensava como faria para ter sexo com Sabrina. Pagaria da primeira vez, nas outras não? Iria continuar transando com uma prostituta da zona mais vagabunda da cidade? Que queda! Mas Sabrina era diferente, eu sabia. Talvez ela não soubesse. Fiquei pensando em tê-la, sabendo que, naquela noite, já teria sido de muitos. Terrível. Eu a observava. Uma noite aproximou-se um senhor. Parecia desses boêmios de antigamente, chapéu na cabeça, barrigudo, desmazelado. Fiquei olhando. Breve negociação. Ódio, ciúme, ridículo. Não consegui dormir, loucura.

Oi? Entra aí. Lembra de mim? Vamos dar uma volta? Eu pago. Me dá um cigarro? Tu moras ali no prédio, não é? Eu já te vi na janela, de noite. Tu é casado? Tu é gay? Não e não. Num ímpeto, pergunto se podemos ir a um motel. Ela responde que sim e eu também, sem jeito, pergunto quanto vai ser. Ela diz que morre em cinquenta paus, e eu me surpreendo regateando, dizendo que trinta estava bom. Mas então sem demorar. Eu digo que demorando. Quero fazer amor com ela. Então paga cinquenta. Tá. Quantos anos? Interrogatório, ih... vinte, tá? No motel eu peço que ela não seja prostituta. Fica sem graça. Eu também. Mas como? Não sabia como começar. Estranhos. Totalmente. Linda. Jovem. Charmosa. Seios ainda empinados – eram mais bonitos antes de amamentar minha filha –, amante maravilhosa, entregando-se pelo ato em si. Paguei. Já transaste com alguém estranho, desses que se vestem de mulher, pedem pra bater, essas coisas? Já. Não rolou. Não tenho saco. No normal não é assim. Ali não tem essa. Os caras já chegam apertados. É só encostar que vai. Na volta, antes de deixá-la uma quadra antes do ponto, perguntei se tinha namorado. Está na cadeia. Roubo. Gosto dele. Logo um cara complicado? Quem está nessa não pode escolher. Onde você mora? Pago um quarto aqui perto. A gente se vê de novo? Sim. Eu passo e te apanho. Antes de sair ela diz, quase entre dentes, olha, gostei, viu? Retorno perturbado. Eu começava a gostar daquela garota. Prostituta. Puta de esquina. Puta de vala. Não era possível. Tirá-la dali, dar-lhe vida melhor? Comprar roupas, casa, mandar buscar a filha? Impensável. Ela tinha namorado e gostava dele. Que tipo de roubo teria feito? Preso. Imagine a figura. Se soubesse de minhas intenções. A vergonha. O medo. Três dias depois voltamos a sair. Foi melhor ainda. Ela não confessava. Eu sentia. Eu pagava. Escuta, quer sair amanhã de tarde para comprar umas roupas? Essas tuas estão gastas, você é muito bonita para andar assim... Na noite seguinte, olho lá de cima e ela está loura. Loura oxigenada. Mais puta do que nunca. Assim não é possível. Fui lá. Os homens gostam mais de louras. A Marcélia também pintou. Olha, eu até já me dei bem. Uma ducha de água fria. Ela me dava todas as chances de cair fora e, no entanto, tudo o que eu queria era tê-la novamente. Felizmente nunca levei ao apartamento. Soube de um morador que passou por escândalo ao levar duas prostitutas e ter problemas na hora do pagamento. Todo o condomínio soube. Uma tarde fui procurá-la. Dormia sesta. A casa caindo aos pedaços. Veio uma puta velha, gorda, vestindo uma combinação, descalça, os seios bem aparentes, e me apontou uma porta fechada. Surpresa. Olhou em volta, envergonhada. O que está fazendo aqui? Precisava te ver. Pronto, já viu, agora vai embora. Não, entra aí. A velha não gosta. É só pra dormir. Se quiser trepar paga quarto. Dá licença, vou escovar os dentes. Fiquei ali olhando aquela bagunça. Roupas jogadas, revistas velhas, fotos nas paredes. Uma criança. A filha. Um cara. O cara. Figura. Sabe lá. Tua filha? É. Esse é o cara? É. Com toda a naturalidade, tira a camisola, fica nua, escolhe uma calcinha, bota um vestido leve, comprado por mim, penteia o cabelo em um gesto e já está linda. Eu fico admirando. E aí, não tem o que fazer? Vai ficar aí me olhando? Tenho que trabalhar. Tá pensando o quê? Já vou. Acho bom. A gente se vê. Um beijinho. Diz aí pra Dona Chica que foi só uma visitinha. Depois não vou querer perder essa vaga.

Na saída, adianto cem reais para Dona Chica e peço que arranje o melhor quarto para ela. Sabrina? Essa branquinha aí? Tá bom. Mas vai ter que pagar isso todo mês. E olha, cara, tu sabe com quem está se metendo? Isso não é flor que se cheire, viu?

Na tarde seguinte eu cheguei e dei de cara com Dona Chica. Ela tá lá, dormindo. Apontou em outra direção. Quarto melhor. Olha, se vai ficar nisso toda tarde, vai ter de pagar e pagar bem. Minha casa não é pra foder e sim pra dormir. Adianto mais cinquenta reais e ela dá de ombros. Entrega a chave. Entro e fico admirando Sabrina em seu sono. Está suada com o calor. A camisola, com os movimentos, deixou tudo à vista, seu púbis cheio de cabelos negros, os seios pontudos e o rosto descansado. Súbito, acorda. Porra, a gente não pode nem dormir sossegada. Como tu entraste? Quem te deu a chave? Porra, agora és dono de mim? Paga quarto, vai entrando, qual é? Tá bom, tá bom, na boa. Eu estava dormindo. Desculpe, eu queria te ver dormindo. Porra, eu vim pra esse quarto porque é melhor, mas já está o maior zum-zum-zum por causa disso, o caralho. Não é melhor? Então deixa. O que é que tu fazes? Médico? Engenheiro. Engenheiro industrial. E ganha bem? Não. Vem cá. O tom de voz mudou. Doce. Atendi com avidez. Amor suado. Tá bom pra ti. Tchau. Tem algum?

Outra tarde. Já não ligo pro que pensam. Estamos deitados depois do amor. Tu gozas com os clientes? Não. Já te disse, é rápido. É só fechar o olho e deixar. Não tens prazer? Que prazer porra nenhuma. De camisinha? Lógico. Eu levo. Sem camisinha, nem fodendo. Larga disso. Lá vem. Tem que haver coisa melhor pra ti. Não enche. Tá na hora. Vai.

A vida parada. Quem diria. Agora é Sabrina. Os amigos não podem saber. Gozação. Deixa. Fico olhando de noite. Ela sabe. Me provoca. Os caras chegam junto. Tenho ânsias.

Dona Chica me olha de lado. Entro direto no quarto. Não está. Decido esperar. Deito na cama. Cheiro seu travesseiro. Estou nesse torpor quando ouço zoada. Um vulto moreno, forte, entra e se atraca comigo. Sinto pancadas no rosto. Me aperta em uma gravata. Estamos suados. Esperneio. Aproveito o suor dos corpos para deslizar. Volta à carga, cego. Ouço um baque surdo e ele mergulha no chão, no vão entre a cama e o armário. Vou olhar. Olhos abertos. O corpo ainda pulsando. Vai saindo um líquido escuro e viscoso da cabeça. Olho em volta. Deu com a cabeça na quina da cama. Afogueado, sento e olho para a porta. Sabrina está lá, pálida. Súbito, some. Ouço seus passos, correndo, fugindo. As mulheres gritam. Ouço uma sirene de polícia. Lá vem Dona Chica subindo com os caras. Não há nada a fazer a não ser esperar.

trabalho

Pagou? Então já era. Não tem arrependimento. Por isso é coisa rápida. É dizer quem é, onde mora, onde trabalha, se tem filhos, seus horários, essas coisas. Depois deixa comigo. Coisa rápida que é pra não feder. Não tenho nem contato. É tudo com Seu Justino. Ele liga pra Mercearia do Cláudio. Ele manda o Toim, corretor do bicho, me chamar. Safo.

O nome é Waldemar sei-lá-das-quantas. Funcionário público. Deve ser coisa de mamata. Mora bem, na praça Batista Campos, bangalô. Dois filhos pequenos do segundo casamento. Quem olha não dá nada. Quem olha pra mim também não. Tenho uma representação de balas. Menta, essas coisas. É só cobrir a cota e pronto, garante o aluguel da quitinete. Saio atrás dele, que trabalha perto. Vai a pé. Entro na repartição, mas ele não trata com público. Isso também não importa. Sigo de volta pro almoço. Passa antes no colégio e pega as crianças. Duas meninas. Eu não tenho filhos. Nem mulher. Mulher a gente paga, faz a indecência e tchau. É pra precisão. Mais alto que eu, corpulento, anda lentamente, suando. O carrão na garagem. O cara é penoso, podia sair mais, tem dinheiro pra gasolina. Eu também não tenho. Táxi resolve. Dinheiro é pra investir. Tenho várias salas em vários prédios. Pago um escritório e passo no banco pra conferir os depósitos. Engulo alguma coisa esperando ele voltar. Vou atrás. Volto com ele pra casa. Fico ali na praça, moitando, vendo a mulherada passar fazendo ginástica. Faço física em casa, mas nada de peso, coisa pra ficar forte e chamar a atenção. É mais elasticidade, rapidez e reflexo. Tem que estar em dia. O cara está saindo de novo. De carro. Com a camisa do Paysandu. Hoje tem jogo, já sei. Pego o táxi e sigo. De futebol não entendo. Tudo o que é preciso paixão estou fora. Será que não tem turma esse pessoal que se junta pra ir ao estádio? Não. Vamos os dois, separados, para a arquibancada. Ele assiste ao jogo bem calmo. No intervalo, compra um churrasquinho, toma suco. Às vezes grita, acompanhando a torcida. Será que tem sessão cerveja depois? Não. Ele volta pra casa. O portão é automático. Controle remoto. Demora alguns segundos para fechar com o carro já dentro da garagem. A mulher vai dormir cedo. Deve ser por causa das crianças. Ele desce no escuro e entra. Pronto, vai ser ali. Quando tem jogo de novo? Domingo tem, mas é muito cedo. Passa muita gente. Na outra quarta. Então vai ser assim. Volto para casa. No dia seguinte, passo na Mercearia, pego com Toim o recibo de depósito. Vou trabalhar vendendo minhas balas. É preciso esperar o momento certo. Minha profissão é como uma religião. Impõe vida recatada, discreta, sem roupas chamativas, moradia, comportamento. Não pode ter mulher, que mulher, só pra precisão, nem filhos, paciência. Seu Justino me trouxe de Muaná, onde eu crescia e matava os porcos no sítio. Ele precisava de alguns serviços. Me ofereceu emprego na cidade. Os pais concordaram. Ele não me trouxe logo. Primeiro, fui para Castanhal. Lá ele me disse a verdade e perguntou se eu topava. Topei. Tudo era melhor que Muaná. Me mandou pegar na faca, apalpar, sentir o objeto, suas curvas, seu fio, os dentes serrilhados. Perguntei pelo revólver e ele disse que não. Coisa suja. Barulho, confusão, sujeira. Treinei. Chegou o dia da estreia. Ficamos ali no portão do sítio esperando alguém. Estava quase escuro e deserto. Vinha um rapaz. Fiquei pronto. Ele chamou e pediu para entrar um instante, que ele tinha uma encomenda. Ataquei por trás. Ele reagiu, era forte, e eu quase cagava tudo. Mas a faca minou sua resistência e ele caiu, estrebuchando. Rápido, arrastamos o corpo lá para o quintal e enterramos. Depois, limpamos o assoalho, tomamos banho e fomos comentar. Peguei por trás errado e dei chance da reação.

Também não empreguei a força correta. Inexperiência, talvez medo de errar. Ensaiamos novamente. Não contei, mas a sensação de matar me causou uma ereção. Achava que era excitação do momento. Viemos para Belém. Não errei mais. O mais importante que aprendi foi a observação. O jeito que anda, se reage rápido, se é canhoto ou destro. Planejar o que será feito. O tempo que vai levar. O silêncio da ação. E, principalmente, se comportar. Seu Justino me ensinou a ser profissional. Nada de bebida, drogas, luxos exteriores. Poucas palavras. Educação com os vizinhos. Nada de amizades. Às vezes os lojistas me convidam para alguma confraternização. Invento desculpas. Nunca se sabe o amanhã. Se for o caso, invento uma família, uma história. Volto na terça para confirmar os horários, saber se está tudo tranquilo no dia a dia. Sim. Acompanho-o até o trabalho. Na volta, vai pegar as crianças no colégio. Há uma mulher. Bonita. Linda, melhor dizendo. Será a esposa? Como é que vai casar logo com um cara desses? Um Waldemar desses. Tem o corpo maravilhoso, um rosto luminoso, olhar penetrante. Como nos livros de romance. Vão para casa. Volta para o trabalho e para casa novamente. Ela não aparece mais. Mas ficou na minha cabeça. Com uma assim até que vale a pena. Deixa pra lá. Amanhã já esqueço. Me preparo. Ele sai de casa ali pelas sete e meia da noite, com a camisa do Paysandu. O carro é um Vectra cinza metálico. Sigo de táxi. Assistimos a partida. Estou um pouco atrás, acima, na arquibancada. Posso sentir seus movimentos, sua pulsação, seu peso, e analiso sua capacidade de reação. Se bebesse seria melhor para a surpresa, embora a adrenalina rápido anule tudo e o corpo tente reagir. Saio cinco minutos antes de terminar. Chego na rua em que estacionou. Aproveito o escuro. O cara que toma conta está ligado no rádio. Enfio o palito na válvula. O táxi me deixa duas quadras antes. Ando calmamente até lá, confiando no tempo que ele vai levar trocando o pneu. Não tem erro. A Mundurucus está quase deserta, ali pelas onze e meia da noite. Os colégios por perto já encerraram. Os caras da ginástica já foram. Os namorados, quase todos. Há um grande silêncio e escuridão, porque as mangueiras não deixam a iluminação pública funcionar a contento. Sento no banco da praça e fico ali, esperando, mas internamente me exercitando, contraindo os músculos, aquecendo para o momento. Chegou. Apertou o controle remoto. O portão abre. Ele entra. Quando o portão começa a fechar já estou dentro, abaixado, por trás. Ele vai abrir a porta. Mas não sai. Ouço o rádio ainda com as reportagens após o jogo. Não contava com isso. O barulho pode acordar alguém da casa. Ela. Espero, suando, respiração controlada, até que ele desliga e ouço seu corpo mover-se sobre o banco do carro, saindo meio de lado, meio de costas. É ali que o imprenso, forte, rápido, para causar susto e quebrar sua resistência. Não o deixo gritar porque a faca serrilhada já está cortando sua garganta à altura da traqueia. É um corte veloz, com o pescoço puxado para trás, um talho profundo que faz o sangue pular, sufoca e não deixa gritar. E quando vê, a faca, com a mão em punho, está enfiada até o cabo em sua barriga, na altura do coração. Ângulo certo, desliza. É só uma enfiada, funda, e giro o cabo para cortar veias, órgãos, pulmão, coração, quebrando possibilidade de sobrevivência e, principalmente, reação. O corpo começa a perder força e a pesar em meus braços. Eu o amparo, sempre com a faca bem funda, rodando, olho seus olhos parados, com ar de espanto, já vidrando, e o aguento como quem faz uma criança ninar, com sua cabeça encostada no peito, o corpo arriando, arfando, a vida indo embora, o filho-da-puta, e eu sem raiva, sem medo, sem nervosismo, pura técnica, apurada em tantos anos, como quem corta um porco, trabalhando com talento, cada vez melhor. Eu o acomodo no chão, no vão entre a parede da garagem e o carro. Sorrio para mim mesmo ao constatar a ereção. Limpo a faca. Tiro a camisa, limpo o rosto, braços e mãos. Tiro o saco plástico, guardo e, de dentro, tiro camisa nova que visto. Aperto o controle remoto e saio, já apertando novamente para fechar. Jogo o controle remoto no bueiro e sigo andando até duas esquinas adiante, onde paro no bar, peço uma

Coca-Cola e aproveito alguém que fala do jogo para me meter e dizer que o Paysandu precisa é de centro-avante, porque eu estava lá e não está funcionando. Meia hora depois, pago a conta, ando para outra esquina, tomo um táxi e vou para a Pedreira. Desço por lá, vou até uma banca de cachorro-quente, faço um lanche e pego outro táxi, agora para casa. Desço duas esquinas antes e vou a pé. Tomo um longo banho pra tirar a catinga do sangue. Lavo a camisa. Vou dormir. Amanhã tem lojista pra visitar.

dedo mindinho

Alô?

Sim?

Por favor, o seu nome é Cláudio Augusto de Vasconcelos Pinheiro?

Sim, mas...

Você nasceu e morou por alguns anos em Capanema, município do Pará?

Sim, e...

O nome do seu pai era Evandro e ele trabalhava na fábrica de cimento?

Sim...

Você tem um problema na unha do dedo mindinho da mão direita?

Carol, por que você levou tanto tempo para me encontrar?

Tenho oito anos de idade. Moro em Capanema, interior do Pará. Estudo na Escola Primária Álvares Castro. Como todos os outros garotos, aproveito o tempo livre para empinar papagaio, jogar futebol e peteca. Até então não me importava com meninas. Até então elas eram muito chatas. Até chegar uma delas e pedir para jogar peteca. Uma menina jogando peteca? Ah, vai brincar de boneca. Deixei. Ela ganhou. Pedi revanche. Ganhou novamente. Ficou feio. Fechei a cara. Passei a evitar. Ela estava sempre por perto. Puxando conversa. Foi um dia em que estava escrevendo uma redação e ela veio se meter a ler, por cima dos meus ombros. De repente, ficamos olhos nos olhos e o mundo mudou.

Cláudio, há quanto tempo!

Pois é, e você, como está?

Estou bem, moro em São Paulo.

Eu estou aqui no Rio há vários anos.

Eu também já moro há um bom tempo...

Tem contato com aquela nossa turma antiga?

Meus pais continuam morando em Capanema. Já fui algumas vezes. Lembra do Teço? Da Mariana? Da Lúcia? Ainda estão por lá.

Lembro, puxa... Meus pais se mudaram para Belém e nunca mais voltei a Capanema. Era um tempo bom. Escuta, como foi pra você me encontrar?

Pois é, o papai foi a Belém e encontrou o teu, assim, no meio da rua. Aí falaram dos tempos antigos, da nossa amizade, e ele deu teu telefone...

Carolina Maciel de Oliveira, a campeã de peteca!

Ah, Cláudio, não enche o saco... depois, tu sabes que eu sempre ganhava...

E eu ficava com ódio. Onde já se viu perder para uma moleca na peteca?

O que você faz? Qual é sua profissão? É verdade que você é advogado da Petrobras?

É, realmente eu trabalho lá, no Departamento Jurídico...

Ah, vem dizer assim, ah, realmente eu trabalho... meu pai me disse que tu és o chefe do Jurídico.

É mais trabalho e preocupação do que outra coisa...

Bacana, Cláudio. Muito bom...

E tu?

Sou jornalista freelancer, faço assessoria de imprensa, trabalho em um escritório, dá pra viver mas é muita ralação. E tu, casaste, filhos e tal?

Era o aniversário da Lúcia, filha do prefeito. Morava em uma casa grande, dessas antigas, cheia de quartos, pé-direito bem alto. Nós estávamos brincando, correndo, de pira e, de repente, eu virei a mãe da pira e escolhi perseguir Carol, que, rápida, escafedeu-se pelos quartos, tornando a perseguição mais emocionante. Estimulado pelos colegas, pensando nas partidas de peteca que havia perdido, iniciei a busca, ávido. Ela passava de quarto em quarto feito uma gazela, ofegante. Camas, armários, cômodas, tapetes, cortinas, cadeiras, banquetas e pronto. Eu a agarrei. Rolamos pelo chão e não havia ninguém por perto. Nos distanciamos na perseguição e agora éramos os dois, ali, ofegantes, rindo, eu por cima dela. Aqueles olhos nos meus. Houve o beijo. O primeiro. Depois, um instante de olhos nos olhos e ela rolou para o lado, se levantou e saiu correndo, rindo gostosamente. Fui atrás. Ela bateu a porta atrás de si. Bateu a porta com meu dedo mindinho no meio.

do tronco pra cima

Aí, Catita, pode ser agora?
Ih, vai começar? Ainda não estou fazendo caridade...
Olha aqui pra ti! Dez tá bom?
Égua, dez?
Porra, Catita, não enrola, vai...
Tu não tens nem quinze?
Não vem que eu te vi fazendo por dez pra aquele merda de ontem...
Ih, não precisa ficar rebarbado. Aguenta aí que o Feliz tá lá no boteco e tu sabes que ele tem bronca contigo...
Taquiopariu...
Se tu queres mesmo, dá um tempo aí...
O Feliz é meu peixe.
Então paga quinze que ele vai ser teu peixe...
Pago, caralho, pago. Tô atrasado...
Vai indo então que eu não vou também do teu lado... era o que faltava...

Aguardou alguns minutos e se dirigiu para a pensão. O Coalho já devia ter chegado. Colado, o boteco. Ih, lá vai merda. Ele tá lá conversando...

Aí, Feliz, vou dar uma suada na Catita. Olha ela aí...
E tu tens pica? Tu dá suada em alguém?

Ó se não dou. Tu queres ver o tamanho da pica?

Ô, ô, porra, Feliz, o Coalho agora tirando bronca contigo... tu já foste mais respeitado...

Não te mete, porra, já fizeste tua mão?

Pra mim é cinco.

Cinco?

É.

Bora, Coalho, tu não queres mais?

Quero. Vamos que eu vou dar uma suada legal, tirar o atraso...

Porra, Feliz, mas não tem condição. É promoção, é? A Catita de barrigão e fodendo com aleijado?

O que é que tem? Fica aí na porrinha e não te mete na minha vida. Tô trabalhando.

Tu já me perguntaste se eu deixo tu ires com o Coalho?

Perguntar? Hum, imagina, agora, perguntar... se eu te dou o dinheiro, não é?

Assim é que se fala. Botando o pau na mesa.

Cala a boca, Zizão, tu queres ver o circo pegar fogo?

Eu tenho dinheiro. Eu vou pagar.

Porra, Catita, com o Coalho eu não vou deixar... se foder.

Deixa nada, eu tô é trabalhando. Vamos, Coalho. Inda mais pegando corda de Zizão. Era o que faltava.

Eu tô te falando que não quero, porra!

Tá, tá... depois a gente fala...

Merda de cafetão que só sabe ficar bebendo estarrado naquele boteco. Vem batalhar, vem pra ver como é bom. Pior que nem anda comparecendo mais... Tem é sorte de eu ser uma puta honesta. Era dinheiro. O Coalho tava precisando. Tinha pena. Passava o dia em cima do asfalto quente, pedindo. Dormia por aí, no banco, meio da rua, calçada. Aleijado também precisa foder. Depois, do tronco pra cima o Coalho até que é bonitinho. Ah, fecha o olho, dá uma acoxada que ele tá precisando e já vai se esporrando todo.

Olha, Coalho, tudo bem, mas antes vamos aqui na pia que tu vais passar uma água nessas tuas pernas que estão imundas. Eu posso ser puta, mas suja também não dá.
Me bota sentado aqui no vaso que eu abro a torneira e me jogo água.
Vai logo tirando a roupa que eu já vou te comer... Catitinha...

Fiquei só de calcinha, fui tirar de cima do vaso e o sacana já metendo a boca nos meus peitos. Tarado. Veio pra cama se arrastando. Eu já sabia como era. Deitei ele de costas e fui por cima. O Coalho é bonitinho olhando assim, só do tronco pra cima. Tava precisado. Foi só dar uma apertada que ele começou a gozar. Reclamava.

Porra, queria demorar mais. Não vale! De novo...
Paga mais quinze...
Porra, faz por cinco.

Senti aquela porrada no pé do ouvido. Outra me pegou pelos peitos. Doeu. Rolei da cama e bati com o barrigão na parede.

Porra, Feliz, o que é isso, caralho? Tô trabalhando!
Falei que com o Coalho não, não falei?
Ih, Feliz, qual é a tua, meu?
A minha? Olha aqui!
Feliz, caralho, não bate no aleijado!
Aleijado que quer foder com quem não pode?
Tu tá doido, é?
Feliz, vai te foder, vai tomar no teu cu, porra. Tu tá pensando que porque eu sou aleijado não vou dizer nada, é?

Catita, sai do quarto, porra!

Não saio! Tô trabalhando! Sai tu.

Sai do quarto. Vou te dar uma bicuda na barriga. Vai sair?

O Coalho não devia ter provocado o Feliz. Devia ter apanhado calado. Pegou corda do Zizão. Aquela porrinha é foda. Maior corda. Feliz fez maldade com o Coalho. Caí fora. Veio polícia. O Feliz se mandou. Deve estar lá pelas bandas do Cotijuba, escondido. Não sei nada. Tava trepando e o cara entrou e me botou pra fora às porradas. Pergunta aí que vão confirmar. O cara me comia de vez em quando. É desses que ficam aí no boteco, jogando porrinha e enchendo a cara enquanto a gente batalha. Tem que comer, né? Tem que viver. Vocês sabem. Me conhecem. Fico na minha. Não dou alteração. Tô de seis meses. Não sei de quem é. Isso lá é pergunta? O Coalho era do bem. Acho que era acerto antigo. O Coalho também andava aí jogando porrinha com o que conseguia de esmola. Eu vou é batalhar. Tô liberada? Porra, o Coalho era até bonitinho, assim, do tronco pra cima...

eu mereço

Quando o porteiro, ao interfone, avisou que a polícia estava subindo, trancou-se no banheiro. Do armário, tirou a cartela de Haldol e foi calmamente engolindo os comprimidos, um por um, evitando a pressa e o possível engasgo, ajudando com água. Durante os poucos minutos que levou ingerindo, foi ficando entorpecida, mas não o suficiente para deixar de ouvir a campainha tocando, a empregada abrindo e, após alguns instantes, as batidas na porta, seguidas de pedidos, ameaças, o que a essa altura não tinha condições de avaliar. Viu-se distante do próprio corpo, como que assistindo a cena em que a porta do banheiro foi arrombada e policiais entraram, levaram um susto, mas imediatamente chamaram uma ambulância. A empregada, com as mãos no rosto, chorava. E antes da ambulância, o marido e o filho, estupefatos. E agora, quem iria dizer-lhes o que fazer da vida? Ambos perdidos, tontos, bobos. Que se virassem. O que não poderia permitir é a vergonha de ser apanhada, presa, condenada. Ela, médica famosa, pessoa de sociedade, atuante, sempre viajando, fazendo turismo. De onde vinha o dinheiro? Ora, ela e o marido, aposentados como médicos, agora com os filhos criados. Sobrava dinheiro para tudo. Era isso. Não era. A verdade era terrível, dependendo do ponto de vista. No dela, apenas merecimento e, se houve uma antecipação dos acontecimentos, foi pela necessidade e pela certeza de não haver um futuro real. Não está muito claro. É como um filme que assisto permanentemente e onde não me considero culpada. Matei duas irmãs. Usei o dinheiro para viver melhor. Viajar, comprar, fazer caridade, ter uma vida luxuosa. Eu merecia. Explico. Éramos quatro irmãs. Vocês já perceberam que há, comigo, duas vivas. Mas a outra não merece nada. Sempre foi dona de casa, devotada ao casamento, educação dos filhos. Não gosta de viajar, ir a festas, nada. Também, seja pelo marido ou pelos filhos, nunca deu assistência às irmãs. Eu dei.

Carlota, a primeira que morreu. Vivia no Rio de Janeiro, com o marido. Não tiveram filhos. Passei lá um ano inteiro, fazendo especialização em Medicina, morando no apartamento. Depois, ao longo dos anos, duas, três vezes, estava no Rio de Janeiro, com ela. Ajudando. Quando ficou viúva, quem viajou para cuidar de tudo, amparar? Eu. Éramos chegadas. É isso. Sugeri que viesse morar em Belém o resto dos seus dias. Vendeu tudo. Transferiu suas aplicações. Aluguei um apartamento em frente ao meu prédio. Vieram as necessidades. Nos aposentamos, eu e meu marido. Logo percebemos a diferença salarial entre quem está na ativa e quem se aposenta. Precisava compensar, para continuar vivendo bem, carro com motorista, festas, viagens, compras. E o que Carlota ainda queria da vida? Vamos apressar. Comecei a ministrar Haldol. É um calmante para crianças, que na medida certa vai aos poucos entorpecendo as pessoas. Se são idosas e se isso é feito de maneira continuada, vem o óbito, manso como um passarinho, sem sofrimento. Comecei a aplicar, dizendo qualquer motivo de doença. Logo ficou fraca. Trouxe para minha casa. Mandei fazer a procuração e a convenci a assinar. Estava muito fraca e havia despesas a serem feitas. Carlota morreu. Mansamente. Como um passarinho. Não sofreu. Apenas apressei o que aconteceria fatalmente. E, assim, permaneci com meu padrão de vida. Merecido, claro. Eu fui a amiga de todas as horas. Cuidei de tudo. E a partir do momento em que nada mais iria acontecer, apenas apressei. Só. Ponto.

Veio a Clara. Clarita, para mim. Longos anos atrás, foi morar nos Estados Unidos, Washington DC, trabalhar no Consulado do Brasil. Teve um filho com problemas físicos. Levou para tratar. Agora, aos oitenta anos, quer voltar. Que bom. Volta, mana. Cuidei de tudo.

Claro, a Clarita era mais chegada comigo do que com a Carmem, aquela irmã dona de casa cheia de filhos e marido. Quem ia sempre aos Estados Unidos passar temporada com a Clarita? Quem levava lembrancinhas do Pará? Quem ajudava no tratamento do filho? Quem merecia? Eu. Transfere todo teu dinheiro. Comprei apartamento. Chegou com o filho. Comecei a ministrar o Haldol. Mana, tu estás muito nervosa, agitada. Deixa que a tua irmã médica cuide de ti. Acho que desconfiou. O filho foi procurar a Carmem. Já viu. Disse-me-disse. Ih. O que é que esse retardado está aprontando? Sabe de uma coisa? Fui ao juiz. Ganhei a curatela. Bem-feito. Onde já se viu agora? O que vai aparecer de gente preocupada com a Clarita... E eu, que a vida inteira estive tão próxima, como fico? Não, agora vem morar em casa. O apartamento, vendi. Haldol nos dois. No retardado também. Deficiente mental. Leso. Vai ver o que é bom pra tosse. Melhor aumentar a dose. Toma aqui, mana. Tu já não achas que chega? Passaste dos oitenta, com dificuldades de andar, falar. Já está na hora de ir. Eu sou mais nova. Gosto de viajar. De gastar. Comprar roupas. Tu também não achas que eu mereço? Eu fui tão boa pra ti, não foi? Agora, toma esse remédio. Deixa que dele eu tomo conta. É como um filho para mim. Deixa, mana. Vai tranquila. Carmem também entrou na Justiça. Audiência. Me preparo. Médica, mulher de médico, mãe de médico. A outra é dona de casa, idosa, nervosa. Procuro irritá-la na frente do juiz. Consigo. Chora. Insegura. Perde. Ganho. Bem-feito. Vamos apressar isto. O dinheiro, as aplicações já estão todas na minha conta. Clarita morreu. Ficou o filho retardado. Carmem, agora, me acusa. Matei minhas irmãs. Faço que não ouço. Qualquer barulho pode ser perigoso. O retardado. Dorme no quarto de empregadas. Doido. Toma Haldol. Toma, porcaria. Parece doido. De doido não tem nada. Passei um mês no Rio de Janeiro. Pequenas férias. Procurou o Ministério Público. Uma advogada, idiota, tomou as dores. Levou todas as caixas de Haldol. Não estava tomando. Jogava fora. Me enganava, o retardado. Agora, pediram exumação dos corpos das irmãs. Querem analisar as causas do óbito. Ora, as causas. Os colegas assinaram o óbito. O que precisava mais? Eram idosas, doentes. Morreram de velhice. Isso é coisa daquela outra idiotinha, a Carmem. Ela também já está velha, mas não tem dinheiro e não me interessa. Devia ter interessado. Está por trás disso. Tivesse tomado alguma providência e esse doido manso não teria ido ao Ministério Público. Agora, lavo as mãos. Ninguém vai me prender, me interrogar, me acusar. Nada. Vocês não entendem nada. Eu mereço. Ponto final.

Acordo e vejo apenas aquela luz de quarto de hospital. Tento mexer as mãos, pés, pernas, braços, e não consigo. Aguardo até uma enfermeira vir. Dos comprimidos fui salva. Lavagem estomacal. O problema foi ter caído de mau jeito e batido o pescoço, na ponta do bidê. Estou tetraplégica. Meu marido está bem mal, na UTI, por causa do infarto. Meu filho não aceita. Não vem me ver. O jeito é ficar pensando. Será que eu mereço?

feliz ano-novo

Sabe quando dois dormem em uma cama e, nos movimentos dos corpos, se esbarram e se acordam? Acordaram. Um olhou para o outro. Esfregaram os olhos. Quem é você? Eu é que pergunto. Quem é você? Eu também não te conheço. Eu não te conheço, com certeza. O que é isso? Não sei. Como, então, viemos parar aqui? Boa pergunta, não faço a menor ideia. Por favor, você me empresta esse pedaço de lençol, porque estou nua. Eu também estou nu. Tem certeza de que não me conhece? Sei lá, alguma coisa aconteceu. Eu não te conheço. Nunca te vi mais gordo, posso garantir. Não me lembro de ontem ter feito algo diferente. Será que botaram essas substâncias... Também não sei. Estou com dor de cabeça, mas fique tranquilo, eu não bebo. Mas, então, que brincadeira de mau gosto... Me dê licença, olhe para o outro lado, eu vou até o banheiro. Mas aqui não tem banheiro. Deve haver um no corredor desta casa, deste apartamento. Eu não sei onde estou. Nem eu. Levanta, cobre-se com o lençol. Minhas roupas. As minhas também. Essas aqui são roupas de mulher, mas não são minhas roupas. Sim, eu também. Essas roupas não são minhas. Olhe para o outro lado. Vou me vestir para ir ao banheiro. O engraçado é que servem exatamente. Isso aqui está muito estranho. Vai até a porta, começa a abri-la, mas recua abruptamente. Há pessoas aí fora. Pessoas? Sim. Uma família inteira, na mesa, fazendo refeição. Que horas são? Estou sem relógio. Uma família? Você conhece alguém? Não. Isso é que é pior. Não conheço ninguém. E agora? Bem, acho que devemos ir até lá. Vou me vestir também. Você já olhou na janela? Eu não conheço nada. Por favor, venha olhar para ver se reconhece este lugar. Olha. Será que estamos na... não, não é possível. Eu também não sei onde estamos. É um prédio e esta janela é para os fundos. Mas não sei de onde. Escute, você consegue lembrar o que estava fazendo ontem à noite? Bem, em primeiro lugar, meu nome é Mário Sérgio. Sou gerente de um banco, casado, duas filhas, e ontem estava na festa de réveillon de um amigo. Deixa ver... recebi um telefonema de um amigo, Carlos, que não queria subir até a festa e precisava me dar um abraço. É só o que me lembro. E você? Eu sou Claudia, solteira, vendedora de perfumes em domicílio. A última coisa que me lembro é de chegar em um bar e pedir uma cerveja enquanto esperava o Zé Maria, um amigo. E aí, mais nada? Mais nada. Você vê, não há como imaginar como possamos ter nos encontrado e acabar aqui, nesta cama, no primeiro dia de 2004, nus e sem nunca nos termos visto antes. Bem, melhor sair e nos identificar a esta família, pedir explicações. Meu Deus, o que vou dizer a minha mulher, meus filhos, meus amigos? Sumir, assim... A essa altura, o Zé Maria deve estar me procurando até na polícia. Sabe, a gente namorava, assim, de vez em quando. Ele é muito ocupado. Eu, como sou sozinha e também não tenho ninguém em vista, até gostava. Não tinha compromisso, sabe. Bem, vamos lá? Tropeça em algo. Você, como é mesmo seu nome? Claudia. Olha aqui! É uma pessoa. Os pés. Debaixo da cama. Toque, chame... sei lá... será que está morto? Não, acho que está dormindo... ainda respira... Puxam o corpo. Ao mesmo tempo, exclamam: Carlos! Zé Maria! Entreolham-se... Mas como Carlos? E Zé Maria? Pra mim este é o Carlos. Não, senhor, este é o Zé Maria, posso dizer com certeza. Imagina, eu já estive com o Carlos em vários lugares e todos o conhecem por esse nome. Posso dizer a mesma coisa, como é mesmo seu nome? Mário Sérgio. Bata nele, faça-o acordar, sei lá... Batem no rosto, dão tapinhas. Empurram. Nada. E agora? Agora, sei lá, talvez seja melhor avisar a família. Vai ver é a família dele. O Zé Maria não tem família. O Carlos não sei, nunca falou. É Zé Maria! É Carlos! Ele nunca pareceu estranho? Nunca fez nada, assim, meio sem nexo? Será que ele tem a ver com isso que aconteceu com a gente? Essa roupa, que não é minha, é supercafona. E isso é hora de pensar em roupa? Imagina essa blusa, toda colorida, horrível. Vamos falar com a família? E se ele não acordar mais? Pode estar com alguma doença. Seremos acusados. Estamos aqui, no quarto dele. E é quarto dele? Procure alguma coisa dele por aí. Não acham nada. Eu, por mim, fugiria pela janela. Sétimo andar? Droga. Sentam na cama. Não sei o que fazer. Nem eu. Preciso sair daqui. Tenho família para encontrar. Tenho a minha vida para viver. Vou lá querer ficar o resto dos meus dias dentro de um quarto, esperando o Zé Maria acordar? Carlos. Zé Maria. Escuta, afinal, esse seu Zé Maria, que pra mim é Carlos, o que é mesmo pra você? Namorado, amante, essas coisas. E só. Me levava pro motel. Motel dos bons. E esse seu Carlos? Amigo, ia sempre lá no banco. Bem, mais que amigo. Posso dizer a você que não me conhece. Na verdade, sinto vontade de dizer. O Carlos é um namorado meu. Como? Por favor, não fique chocada. Claro que fico. Se esse Carlos é o meu Zé Maria, faça-me o favor. Eu acho que você está enganado. O Zé Maria nunca... Para mim é a mesma coisa. Ele me disse que nunca tinha tido contato com mulher na vida. Imagina. E você, aí, casado, duas filhas... Pois é. Fazer o quê? Por favor, você ficou chocada... Não... talvez... você parece tão homem... não leva a mal, mas é até bonito... mesmo nessa roupa... Mas eu sou homem. De vez em quando é que... Olha, eu acho que estou é com ciúmes. Pois eu te digo a mesma coisa. Estou com ciúmes. Bate de novo nele, faz umas cócegas. De repente ele acorda. Batem. Nada. Olha, agora eu vou de qualquer maneira lá fora. Estou louca de vontade de fazer xixi. Mas e aí, vai sair, assim, saindo... vai dizer o quê? Ah, meu filho, com a vontade que eu estou... E sai. Ele fica, torcendo. Ela volta. E aí? Ninguém na sala. Passei direto. Banheirinho até bom, sabe? Queria escovar os dentes. Escovar? Eu vou é embora. Vai ficar aí, esperando esse seu Carlos? Porque, pra mim, Zé Maria já era. Eu, hein, namorar gente doida, que se faz de morta, que arma essas coisas pra cima de mim? Vamos. Também não quero mais saber dele. Foi uma loucura. Passou. Ah, quer voltar pra mulherzinha, filhas, o banco... Não sei. Você foi ao banheiro e eu fiquei pensando. Eu e minha mulher quase não nos falamos. As filhas estão namorando, não querem saber de mim. Enfim, vamos sair? Saem. Passam pela sala de TV. A família olha para eles, que dizem apenas Feliz Ano-Novo e vão saindo. Pela escada é mais rápido. Descem. Chegam à rua. Você sabe onde estamos? Não. Param uma pessoa. Que rua é essa? Não conhecem. Chamam novamente a pessoa. Por favor, não ache estranho, mas que cidade é esta? Nunca ouviram falar. Chamam novamente. Por favor, desculpe mais uma vez, mas esta cidade é de que Estado? Ahn?! Escuta, de que cidade você é? É a mesma minha? É. Bem, vamos voltar. Melhor ir até o aeroporto. Tá bom, mas cadê o dinheiro? Tem aí? Não. Mexe nos bolsos. Não tenho nada. E agora? Gente, perdidos no meio do Brasil, sem ter como voltar. Podemos telefonar. Cadê um orelhão? Liga você que tem família. Eu não tenho. Pra mim, voltar ou não dá no mesmo. E agora, sem o Zé Maria, que eu nunca mais quero ver, tudo é lucro. Encontram um orelhão. Ele começa a discar. Ouve chamar o número. Desliga. Que foi? Ah, deu ocupado. Esperam mais um pouco. Estou com fome. Eu também. Mas não vou voltar até aquele apartamento e pedir para comer, né? Claro que não. Liga aí. Liga logo. Liga pra tua família, rica, gerente de banco, sabe lá... Pode ligar. Disca. Ouve chamar o número. Desliga. Ocupado? Sim. Vai ver é uma das meninas namorando. E agora? Tá vendo aquela padaria? Tá aberta. Hoje é feriado, não pode ser. Está aberta, está vendo aquele senhor? Vai ver é o dono. Nunca mais voltaram. Claudia virou Carla. Mário Sérgio virou Zé Maria. Eles agora são donos de uma padaria. Passam os réveillons bem juntinhos, trancados, em casa.

fim

Vieram avisá-la. Havia falecido. Parecia distraída, arrumando panos desses de colocar sobre as mesas. Diante de esperada reação, permaneceu ali, passando as mãos e fazendo vinco na dobra. Está bem, disse, apenas. Alguns minutos e foi vestir-se para ir até o velório. Vinha sendo assim desde que ele havia sido internado. Primeiro estava gripada e não queria passar para o doente. A gripe seguiu. Os filhos ficavam, passavam as noites. Contavam tudo. Ligavam. Iam até ela, preocupados. Massa. Argamassa. Catolé. Mosqueiro. Seresta. O sorriso da Odete, que gostava daquela música. Como era mesmo? Cinza. Cinza. Gris. Concreto. Mamute. Terra. Quintal. Mãe, será que você está mesmo gripada? Por que não visita o papai? Há alguma coisa que devemos saber? Lata. Entupidor. Cerveja. Estupidamente gelada. Colcha da cama. Tapete. Urinol. Caneta. Papel. Sim, caneta, papel. Cinza. Massa. Terra. Areia. Pedra. Pedra. Mãe, já está ficando chato isso de você não ir visitar o papai. Ele está em coma, mas você devia. Fica chato. Aves. Garnisé. Teatro. Poesia. Academia. Ele gostava do violão. Onde será que está o violão. Está bem guardado? Ele vai precisar. Vou mandar limpar o violão. Ele ia sempre me buscar na São Mateus, quando namorávamos. Engraçado pensar nisso. Breu. Negro. Fechado. Nem um palmo à frente do nariz. Negro. Fechado. Calado. Não. Não. Não. A resposta é não. Amor. Ainda. Sempre. Eterno. Muita briga. Discussão. Se não queria filhos, por que teve logo cinco? É melhor não deixar ir para o hospital. Quem vai pro hospital não volta. É melhor. É sua amiga ao telefone. Não vai atender? Já é a quinta vez que ela liga. Pedra. Cinza. Preto. Breu. Acima. Edifício.

Árvore. Literatura. Música. Livros. Letras. Lago Azul. O lago não era azul. Mas era o Lago Azul. Tantas músicas. Como era aquela mesmo? Sim, no tempo do Bando da Estrela. A noite. A madrugada. Sinto frio nos pés. Melhor fazer minhas orações e ir dormir. Não chegou ainda o momento da despedida. São apenas alguns dias e ele retorna. O imperador. O dono da casa. Da minha vida. Se ele for, o que restará de mim? Uma cena, uma cerimônia, o preto. Luto. Lutar. Ele vai lutar. Sempre foi forte. Eu, não. Fraca. Sem forças. Doem as costas. Há feridas. Ninguém deve ver. O que será de mim? Ele é quem está doente. Vai passar. Ele volta e eu fico boa também. Caneca. Cinto. Revista. Lâmpada. Preto. Areia. Argamassa. Cinza. Gris. Concreto armado. Tinta. Abandonada. Sem ninguém. Sem ele não sou nada. Nada. Viúva. Pena de mim. Não sou nada. Ele é tudo. Tudo para mim. Para os outros. Quem sou eu. Alguém se lembrará de mim? Acabou a festa. Poeira. Terra. Cemitério. Caixão. Não. Não. Meu Deus. Santo Antônio. Jesus. Não. Não. Vai voltar. Armadura. Aramaico. Gentil. Amor. Carinho. Passar a mão nos cabelos. Pai nosso que estás no céu. Areia. Cinza. Sopro. Vento. Verde. Música. Ele gosta. Música. Deve estar ouvindo. O primeiro filho. O segundo. O terceiro. A quarta. A quinta. Batismo. Grandes. Estão lá. Preto. Nunca mais. Nunca mais. Oi. Bom dia. Boa tarde. Boa noite. Te amo. Meu amor. Não seja ridícula. Velha. Não. Não. Som. De qualquer lugar. Vem. Chuva. Muita chuva. Escurece mais cedo. Ele gostava da chuva. Mosqueiro. No telhado. Tocava violão no pátio. Não posso ir lá. Não posso ver. O herói estará sempre vivo. Não. Mãe, é um absurdo. Já não estamos conseguindo mentir para as pessoas, as visitas. Aquela viagem para o Rio de Janeiro, de carro. Tantas paradas. Calor desgraçado. Ele queria. Eu lembro. Engraçado o rosto dele, sereno, tranquilo, como se estivesse tirando uma soneca. Sesta. Pata. Prata. Prateado. Giz. Roxo. Roxo e ouro. Semana Santa. Cobrindo todas as imagens. Sim? Vestida. Pode me levar até o velório? Cinza. Massa. Breu. Luto. Fim.

flagra

Olhou pelo retrovisor e teve certeza. Ela o vira. O travesti vem até a janela. Já o conhece. Entra. Ele dá a partida e olha novamente para confirmar. Ela estava olhando. Podia ser seu fim. Tremendo, dobrou uma esquina, deu uma desculpa e livrou-se da companhia. Quando retornou, sabia que era irreversível. Era uma das maiores fofoqueiras da cidade. Estava perdido. Aquilo não poderia ficar assim. Retornou lentamente. Ela ainda estava lá, como quem espera um táxi ou alguém que viria buscá-la. Parou alguns metros depois, para evitar ser visto pelo porteiro. Chamou. Ela veio, fingindo surpresa, mal contendo a malícia.

– Oi, Maria do Carmo, tudo bem? Está esperando alguém? Táxi? Vamos, te levo.
– Eu esperava o Gusmão, pra me levar na casa da Mariinha...
– Deixa que eu te levo...
– Ah, sei lá, depois ele chega...
– É tão perto, vai ver que nem saiu de lá ainda...
– Obrigada, deixa pra outro dia...
– Vem, Maria do Carmo. Eu tenho uma pra te contar...
– Eu vou? Não sei...
– Vai ficar sem saber...
– Tá bom. Eu vou e até ligo pra Mariinha dizer que não precisa.

Maurony sabia que tinha pouco tempo. E precisava decidir rápido o que fazer. Se tentasse explicar, seria pior. Se pedisse segredo, muito pior. Sua vida estava perdida, naquela cidade pequena, naquela sociedade idiota. Sua empresa, seus prêmios, sua mulher, seus filhos. Tremia dirigindo, os pensamentos velozes se chocando em seu cérebro. E ela, sem querer, sem segurar a língua peçonhenta, acabou por fazê-lo decidir-se.

– Onde você estava indo, hein? Eu vi quando passou...
– Ah, é...
– Escuta, deixa eu ligar pro...

Tirou o celular da bolsa, mas ele tomou de suas mãos. Ela estranhou. Pensou que era brincadeira.

– Maurony, deixa de brincadeira...
– Maurony, você está tão estranho...
– Olha, não é por aqui a casa da Mariinha...
– Onde nós estamos indo?
– Maurony, vamos fazer o seguinte, eu não vi nada, tá bom, meu anjo... eu posso até descer aqui e pegar um táxi... não te dar trabalho...

Depois, calou-se. Ele não respondia. Pensava onde poderia parar. Procurou ruas desertas. Ela tentou destravar a porta. Não conseguiu. Tentou pegar seus braços do guidão. Levou um safanão. Parou de repente. Aumentou o volume do som ao máximo. Levou as duas mãos ao pescoço dela. Apertou. Largou quando não havia mais pulso. Mesmo com o ar condicionado, suava abundantemente. Olhava para os lados. Ninguém. Por via das dúvidas, não ia deixá-la ali. Poderiam ter visto somente o carro. Anotado a placa. Sei lá. Empurrou o corpo para o piso do carro. Ficou meio torto. Deixa pra lá. Outra rua deserta. Outra rua deserta. Passou e achou. Foi adiante. Quando retornou, foi com as luzes apagadas. Sem sair do carro, abriu a porta do passageiro e empurrou o corpo para fora. Foi embora. Rodou ainda por meia hora, sem rumo, para repor a respiração. Recompôs-se. A escrota havia arranhado seus antebraços. Voltou para casa. Entrou direto até o banheiro. Os filhos estavam em seus quartos, na televisão ou na internet. A mulher estava na sala, vendo um filme. Como ela gostava de assistir filmes em DVD! Debaixo do chuveiro, o choro veio abundante, extravasando a tensão. Deitou-se. Quando a mulher veio, fez que estava dormindo. Não era incomum. Tinham uma vida com pouco sexo. Por sorte, ela não gostava muito. Gostava mesmo era de conforto, dinheiro, viagens, colunas sociais. Um casamento muito conveniente. Ficou imóvel. Não conseguiu se mexer nem quando a sentiu dormindo, pesado. A vida começou a passar na sua frente, feito filme. O pai, severo, que lhe bateu até mesmo depois de estar casado, em momentos de fúria. A certeza, desde a adolescência, de sua homossexualidade, e o medo, medo terrível de que o pai soubesse. Quando começou a cobrança por um namoro, até mesmo um casamento, foi à caça. Encontrou em Heloisa a parceira perfeita. Criada como princesa, era fútil e linda. Rica e preguiçosa. Fez diversos cursos no Rio e em São Paulo, onde aproveitou para ter contatos sexuais de sua preferência. Mas voltou e casou com Heloisa. Um casamento até hoje comentado. Os pais queriam filhos? Dois. Ela era muito fértil. Não gostava de sexo. Do suor. Dos corpos nus se roçando. Ótimo para ele, que cumpria sua obrigação com muito esforço e concentração. Enquanto ela flanava em chás, jogos de bridge e shoppings, com as crianças sendo criadas por um batalhão de auxiliares, dedicou-se ao trabalho. A empresa cresceu ainda mais. Empresa do Ano. Homem de Marketing. E aquela carência que vinha forte, de vez em quando, e o fazia esgueirar-se por endereços clandestinos, atrás de homens. Ou travestis. Foi por absoluto descuido que se arriscou naquela noite, sem lembrar que passava por imediações perigosas. E agora estava fodido. Não era burro. Sabia que tudo ia ruir como castelo de cartas. Havia o travesti. Deveria também matá-lo? Como, sem causar suspeitas? Naquele ponto, havia sempre dois ou três.

E se alguém havia visto o carro, a placa, quando deu a carona? E as marcas nos braços? Se usasse camisa com mangas compridas, seria estranho. Viajaria. Para onde? A título de quê? A polícia encontraria resíduos seus nas unhas de Maria do Carmo. Talvez, no meio da noite, se passasse naquela esquina, o travesti estivesse sozinho. Os outros poderiam ter ido. Mas não poderia sair com seu carro e passar por lá novamente. Usaria o carro de Heloisa. Não. Claro que, a essa hora, já teriam dado falta de Maria do Carmo, e até radiopatrulha já haveria por lá. Mas quem daria por falta dela? Viúva, morava sozinha. Talvez a Mariinha, sei lá. Ligaria e ninguém atenderia. Até para o celular. E o celular ele havia jogado no esgoto, por causa das impressões digitais. A lembrança do assassinato o fazia, por momentos, soluçar. Não era assassino. Como podia ter feito aquilo? Desespero de momento. Mas não havia nada a fazer. Não podia deixá-la viva. Era seu fim. Um escândalo. Uma vergonha. O pai podia morrer de infarto. Já tinha safena. Não era tolo de mandar matar o travesti. Nem sabia como. Procurar um matador de aluguel? Quanta besteira. Espalhar ainda mais seu segredo. Suicidar-se? Não tinha coragem. Gostava de viver. Sofria com a vida dupla, mas como ir, assim, deixando tudo para trás? Os filhos. Seus bens. Seu carro, seu trabalho, seus pequenos luxos. Uma coisa era certa: Heloisa não podia ver seus braços. No dia seguinte ela seria informada da morte de Maria do Carmo. Saiu cedo. Botou um blazer. No escritório, estranharam. Disfarçou dizendo que tinha um encontro com um cliente desses bem formais. Trancou-se em sua sala. O dia foi passando. No meio da tarde, Heloisa ligou em prantos, com a notícia. Fingiu espanto. Comentou o aumento da violência. Decidiu sair mais cedo. Ficou passeando pela cidade. Disse que ia para a reunião com o cliente. Foi até Icoaraci. Depois, até Castanhal, e voltou. Os pensamentos velozes, colidindo no cérebro. Decidiu viajar. Chegou tarde. Heloisa assistindo DVD. Deitou-se. Quando ela veio, disse que iria a São Paulo encontrar com fornecedores. Voltaria em dois dias. Ela já havia feito isso. Não era estranho.

Mas Heloisa queria falar de Maria do Carmo. Sentou na beira da cama. Controlou-se. O coração acelerado. Mariinha contou que o Gusmão passou lá para apanhá-la e ela não estava. O porteiro não tinha visto nada. Foi encontrada perto do Guamá. O que ela teria ido fazer lá? Seria sequestro? A Maria do Carmo não tinha nada de interesse em algum ladrão. Nem podia desconfiar da viúva, sabe-se lá, nesses dias aparecem esses garotões, igual a esses assassinatos de gays... mas não dá pra desconfiar porque ela tinha marcado de ir para a casa da Mariinha, né? Ele teve forças para dizer que podia ter sido um garotão. Maria do Carmo esperava por Gusmão, mas passou um desses bonitões e a levou. Triste, né? A ideia veio num estalo. Disse que, dali por diante, ela procurasse aparecer menos nas colunas sociais. Os tempos eram de violência, e quem muito aparece corre riscos de sequestro, assalto, essas coisas. Ele próprio restringiria ao máximo suas aparições em público. Deixaria até a diretoria do Lions. Continuaria ajudando, mas de fora, sem aparecer. Assustada, concordou e ainda disse que iria propor isso às amigas. Os tempos estão difíceis e muito violentos.

Passou dois dias no Rio. No avião, foi lendo a reportagem policial, sem muitos detalhes. Quem pôde se eximiu de falar. Havia suspeita de sequestro, mas nada havia sido roubado. Podiam tê-la sequestrado por engano e a matado quando perceberam. Algum namorado? Porteiros e vizinhos diziam que ela era uma senhora extremamente recatada. A polícia dizia que iria fazer autópsia para recolher pistas. Na esquina, ocupada por travestis, ninguém quis fazer declarações. Ficou trancado no hotel. Voltou. Chorava, às vezes, no travesseiro. Era um desgraçado. Podia ser normal. Gostar de mulher, como todos os outros. Por que ele, justamente ele, com o pai que tinha, era assim? Até o desejo sexual sumiu por um bom tempo. Ainda estava sumido quando, no clube, foi escolhido o Pai do Ano. Tentou esquivar-se. Disseram que ia ser uma coisa discreta. Que pretendiam homenageá-lo. Companheiro de tantos anos, tantas lutas. Aceitou. Realmente, saiu uma foto pequena, na segunda-feira, dia de menor tiragem. Na terça, a secretária avisou de um telefonema. Perguntou o que era, e ela disse que a pessoa avisara de assunto pessoal. Curioso. Pequeno frio no estômago.

– Quem é?

– Parabéns pelo Pai do Ano...

– Obrigado, quem é?

– Pai do Ano, assassino...

– Quem é?

– Eu te vi pegando a coroa. Eu ia te comer e tu me deixaste por causa da coroa. Tu mataste, porra. Mas eu sei!

Desligou o telefone. O suor escorria. Taquicardia. Estava frito. O que fazer?

fórmula 1

Mamãe me botou pra fora de casa logo cedo. Ela estava puta porque o velho não dormiu em casa. Fui lá pro playground e fiquei ali, sem fazer nada. Estava no balouço quando o Fresquinho apareceu. O nome dele é Fernando César. A mãe, uma perua, vem chamar ele dizendo "Fernando César, está na hora de você jantar". A galera faz graça. E é Fresquinho porque ele é rico e gosta de se amostrar. Tem sempre os melhores brinquedos, os tênis mais novos. Não chamo ele de Fresquinho porque ele é bem maior do que eu. Veio me mostrar um carro tipo Fórmula 1, por controle remoto. Ele viu que eu fiquei louco pelo brinquedo. Ficava mexendo de lá pra cá, daqui pra lá. E quando o carro engatava nos obstáculos, me mandava mexer pra ele continuar a brincar. Eu ia. Pedi pra dar uma voltinha. Ele disse não. Podia dar defeito. Convidei ele pra ir dirigir o carrinho lá na área do poço. Tem mais espaço. Fomos. Eu fiquei sentado num canto vendo o carrinho ir de lá para cá. E ajeitando quando capotava, quando ficava preso nos obstáculos. Porra, o carrinho caiu dentro do buraco. Devia ser obra que deixaram pra terminar segunda-feira. Ele me mandou olhar. Eu disse que ele devia olhar, isso sim. Era bem fundo. Vai ver era um poço novo. Ele ficou bem na beira. Empurrei. Ele caiu. Acho que se machucou. Ficou gemendo. Pedindo socorro. Achei que iam ouvir. Puxei as tábuas e tampei. Eram pesadas. Eu até suei.

fujona

Hospedou-se em hotel de luxo. Escolheu um bom quarto, vigésimo andar, espaçoso, confortável. Desfez as malas. Abriu o frigobar e serviu-se de uma cerveja. Tirou do bolso um papel em que estava um número de telefone. Discou.

Alô?

Alô? Por favor, eu gostaria de falar com a Stella.

É ela.

Tudo bem, Stella?

Tudo, ficou melhor agora, querido.

Eu vi seu anúncio no jornal.

Pois é... gostou?

Gostei. Gostei muito. Você é muito bonita.

Obrigada...

Você faz mesmo tudo aquilo que está lá?

Faço, e muito mais... quer experimentar?

Quero, quero. Foi por isso que liguei... você tem hora para mim?

A que horas poderia ser?

Que tal ali pelas sete da noite?

Para mim está ótimo. Onde você está?

Estou em hotel, não moro aqui, mas vi no jornal e, sabe como é, preciso de companhia.

A melhor companhia...
Ah, eu preciso lhe pedir uma coisa...
O que você quiser, meu bem.
Por favor, não use muita maquiagem. Venha com roupas discretas, normais, sabe? É por causa do hotel. Você é tão bonita que qualquer coisa a mais que vista já fica até agressivo, entende?
Sim, meu amor, não tem problema, já entendi. Às sete, então?
Meu nome é Rodrigo Santos, mas acho que nem precisa perguntar. Entre direto no elevador e venha para o vigésimo andar, quarto 2005, está bem?
2005. Tá, pode me esperar.

Desligou e deixou-se ficar estirado na cama, recuperando a respiração que ficou nervosa com a ligação. Suspirou. Estava chegando ao final a grande caçada. Maria de Lourdes encontrada. Foi difícil. Esquadrinhou várias cidades do Brasil. Gastou dinheiro. E, quase sem querer, encontrou Maria de Lourdes. Ou Stella. Um anúncio de jornal. Seção de classificados eróticos, Rio de Janeiro. Uma foto. Diferente. Cabelo louro, agora. Maquiagem. Mas, sem dúvida, era sua Maria de Lourdes. Hora de acertar o novo e o velho. Ficou mal na cidade. Chamado de corno. Fraco. Ela fugiu. Levou seu dinheiro. Sumiu. Ouviu de tudo. Queria tudo de volta. O dinheiro e a mulher. Era sua e de mais ninguém. Já estava até com sua passagem de volta comprada. Iria como estivesse. Com a roupa do corpo. Antes, iriam a um caixa 24 Horas e retirariam o que tivesse em dinheiro. Bem, antes, ele iria se divertir. Fazia tempo. Um bocado de tempo. Sexo do bom. E também umas porradinhas que ela merecia, como castigo, por ter fugido. Fujona. Gostosa. Ninguém precisará saber que virara prostituta. Ninguém. Ficaria entre eles. Seriam novamente marido e mulher, na sua cidade. Inventaria alguma coisa. Ela pediria desculpas publicamente. Sei lá. Se vê. Ah, finalmente a caçada chegara ao fim.

Tinha tempo. Saiu para comer e dar uma volta. Cidade danada de bonita aquele Rio de Janeiro. Praias, mulheres. Devia ser bom morar ali, mas era preciso ter muita grana. Preferia apenas para férias. Morar mesmo, tinha seu canto. Era conhecido, tinha clientela, crédito no banco, uma certa autoridade. Também foi um viajante que um dia parou naquela cidade, gostou do movimento, foi ficando e se estabelecendo. Maria de Lourdes era filha de um fazendeiro. Pai ciumento, duro. Filha mimada. Bastou ver uma vez na pracinha em um domingo para querer. Seria minha. Foi. Ela até gostava dos meus ciúmes. O pai também, talvez por identificação. Casados, trinta dias, começou a se rebelar contra suas ordens. Aplicou-lhe corretivos. Cancelaram a ida a um jantar. O rosto estava roxo. Paciência. Rebeldia teria de ser tratada dessa maneira. Queixava-se que o pai também lhe batia e, agora, pensando em livrar-se, caiu nos braços de outro homem violento. Violento? Que nada, são apenas corretivos. As mulheres, no fundo, gostam, sentem-se pertencentes a um dono só. Precisou ausentar-se três dias e quando voltou ela não estava. Abrira o cofre, retirara uma boa quantia e sumira. Chorou de raiva, de amor, ciúmes, e jurou encontrá-la. Oito meses de buscas. Agora a teria de volta. Sim, levaria algumas palmadas. Até gostaria. Elas sempre gostam. Estava quase na hora do encontro. Voltou ao hotel, tomou um banho e sentou-se na frente da televisão, ligada no canal interno que mostrava o movimento na portaria. Uma loura. Vai em direção aos elevadores. Ela. Pelo andar. Chegou. Tocou na campainha. Olhou no olho mágico. Quem é? Eu quero falar com Rodrigo. Pois não. Entre. Havia deixado o quarto na penumbra. Não deixou claro o rosto, usando a porta. Ela entrou. Virou-se.

Maria de Lourdes.

Você?

Pois é... Há quanto tempo... Eu não disse que ia te encontrar? Não te disse que te encontraria até no inferno?

Por favor... como me achou?

Quer dizer que agora é Stella. Stella, a puta de luxo... Pensou que era mais um cliente... É, pensou... Ia faturar uma nota bacana e ainda por cima ia fazer sacanagem, né? Tu sempre gostaste de uma sacanagem...

Eu preciso sobreviver!

É, mas agora acabou. Me deste trabalho, viste? Gastar dinheiro. Devias saber que és minha, de mais ninguém. Minha. Propriedade minha. Não devias ter fugido. Agora nós vamos voltar. Vamos voltar lá pra nossa cidade. Vamos mostrar pra aqueles filhos da puta que tu és minha. Tu voltaste pra ficar comigo.

Eu não vou voltar. Nunca mais. Acabou.

Olha! Mas que corajosa...

Tu não tens o direito. Eu sou maior de idade.

Cala a boca. Tu és minha. Minha mulher, de mais ninguém.

Eu vou embora.

Vai um caralho. Tu vais ficar aqui. Não dá mais tempo de pegar o avião hoje, mas amanhã nós voltamos. Acabou, minha filha. Acabou, fujona. E agora... e agora... você precisa me satisfazer, Lourdinha... estou com tantas saudades... sabe que você está mais bonita assim com essa cara de puta, o cabelo pintado... sabe? Deixa que eu tiro a tua roupa.

Sai daqui! Eu não quero! Vou começar a gritar! Chamar a polícia!

Que polícia, que gritar, nada. Antes, tu vais levar umas palmadas. Umas palmadinhas. Umas palmadonas pelo tempo que fugiste. Menina má. Vamos a umas palmadinhas, com a mão aberta, pra não ficar roxo, só vermelho, pra poder embarcar bonitinha...

Sai daqui! Socorro!

Ele tentou agarrá-la. Safou-se. Novamente. Foi jogada no sofá. Levantou a tempo. Ele veio novamente, acertou de raspão. Grunhia.

E agora o soco no ar, o corpo desequilibrado, a janela aberta, as pernas batendo nas esquadrias, o grito desesperado.

Tremendo. Pegou a bolsa. Abriu a porta. Chamou o elevador. Demorou longuíssimos dois minutos. Parou duas vezes para a entrada de turistas. Saiu no bolo. Viu o ajuntamento. Andou até a esquina. Entrou em outra rua. Encostou-se em uma árvore. Vomitou. Chamou um táxi. Pediu para andar, sem dar endereço. Respiração ofegante. Disse ao motorista que haviam tentado assaltá-la. Pensou. Não podia voltar para casa. Ele tinha o número. A polícia ia descobrir. Ou então pelas ligações feitas. Lembrou de Leandra, amiga. Ligou. Estava em casa. Deu o endereço. Caiu nos braços da amiga chorando, falando convulsivamente. Foi se acalmando. Contou tudo. A verdade. Fica aqui. Ninguém saberá. Fica à vontade. Não quer um short? Acabou rindo um pouco. Leandra era gay e a amizade começou em paquera malsucedida. Sem maldade, completou Leandra. Abraçadas, na cama, ela ainda tremendo. Hoje não falamos mais nisso. Amanhã pensamos no que fazer. Vendo TV. Jornal da Globo.

"E você vai ver logo mais: traficante fugitivo cai do vigésimo andar de um hotel e morre..."

"Por volta das sete horas da noite, o traficante Moisés de Souza, conhecido como Mosas, e que ficou famoso pelo roubo de carros, tráfico de armas e drogas e assassinatos, morreu ao cair do vigésimo andar de um hotel em Ipanema, Zona Sul do Rio de Janeiro. Moisés de Souza estava foragido há quatro anos da cadeia, onde estava cumprindo pena de mais de 150 anos. Ele havia se hospedado no hotel com o nome de Rodrigo Santos. Até agora não se sabe o motivo da queda. Hóspedes dizem que, no mesmo horário, uma mulher loura saiu do vigésimo andar, parecendo muito nervosa. Os policiais encontraram sinais de luta no apartamento. Moisés chegou por volta das onze da manhã no hotel, saiu uma hora depois, retornou às cinco e não saiu mais. A polícia vai continuar as investigações."

Pronto, eles vão me pegar, vou pra cadeia, assassinato!

Que nada. Eles não sabem quem você é.

Mas vão saber! O número do telefone, eles vão ligar, a lesa da Tereza vai atender e dar o serviço.

Não vai, não. Deixa eu ligar e avisar.

Não liga! Eles vão tomar nota do número e você vai ser envolvida.

Você é que anda lendo muito romance policial.

Leandra, por favor, não liga.

Tá, e o que nós vamos fazer?

Não sei, não sei... tem tesoura aí?

Tenho, mas olha lá, hein?

Corta o meu cabelo. Corta bem pequeno, quase raspado.

Cortar esse cabelão lindo, minha criança...

Não brinca, Leandra, corta.

Olha, quando as meninas souberem que você passou a noite abraçadinha, na mesma cama, e ainda me pediu pra cortar o cabelo...

Você não é doida de contar pra ninguém. Vai acabar te prejudicando.

Brincadeira... vamos cortar... acho melhor mesmo. Se é a pista que eles têm...

Olhou-se no espelho. Sem maquiagem, cabelo curto, era outra pessoa. Dormiram juntas, abraçadinhas. Ela precisava de um ombro amigo. Acordou tarde. Leandra não foi trabalhar. Ficou para cuidar dela. Acharam melhor não sair de casa. Ela contou seus problemas. Leandra não sabia de nada. Precisava ligar para os pais. Não sabia se ligava. O pai também lhe trazia más recordações. Não ligaria da casa de Leandra. Um orelhão. De noite, claro. Liga a TV. Jornal da Globo.

"A morte do traficante que caiu do vigésimo andar de um hotel em Ipanema. A polícia acaba de descobrir onde o traficante Moisés de Souza se escondeu durante os quatro anos em que esteve foragido.

Estava no interior do Pará, onde se estabeleceu e casou, embora nunca tenha se afastado das atividades ilícitas. Ontem, logo depois da reportagem do Jornal da Globo, houve várias ligações desta cidade, identificando o morto como Renato Dias, que havia viajado para o Rio na véspera. Nos últimos tempos, Moisés, ou Renato, ou Rodrigo, estava obcecado pela busca de sua esposa, que fugiu, segundo os moradores da cidade, devido aos maus-tratos que recebia. Esta é a foto de Maria de Lourdes Dias, mulher de Moisés. Segundo alguns hóspedes, no mesmo horário da morte do traficante saiu do vigésimo andar uma mulher loura, bastante nervosa. Agora, veja a mesma foto, mas com os cabelos pintados de louro. A produção do programa Linha Direta resolveu também iniciar investigações e conta com sua ajuda, telespectador. Quem tiver alguma informação, que ligue para..."

Preciso fugir!
Ai, meu Deus!
Eles vão me pegar!
Calma, calma, vamos pensar no que fazer.
Preciso fugir!
Vamos à noite, de carro. Te deixo em Juiz de Fora. Volta pra tua casa.
Pra casa? Isso. Eu me escondo por lá. É no interior. Ninguém vai saber.
Me compra um jeans? Não tenho nada. Um tênis. Qualquer um.
Vai ser um prazer. Me deixa te ver experimentando?
Leandra! Isso é hora de brincadeira?
Querida, ninguém vai acreditar! Ninguém!

Na estrada para Juiz de Fora. Parada para um cafezinho. A música do Jornal Nacional. Olham a TV.

Novas informações sobre a morte do traficante Moisés de Souza, que morreu ontem ao cair do vigésimo andar de um hotel da Zona

Sul no Rio de Janeiro. A polícia já tem novas pistas sobre a mulher que teria estado com Moisés na hora do acontecimento. Ela pode ser sua esposa, que estava foragida, por conta de maus-tratos que recebia. Após o Jornal da Globo apresentar uma simulação da foto de Maria de Lourdes Dias, a polícia descobriu um anúncio erótico de uma prostituta chamada Stella, mas ainda não conseguiu fazer contato. Novas informações no Jornal das Onze."

Despediu-se de Leandra no Terminal Rodoviário de Juiz de Fora. Lágrimas. Ela foi uma verdadeira amiga. Nunca esqueceria. Cuidado. Seja feliz. Tchau. Foi comprar passagem para Belo Horizonte. De lá para Brasília. De Brasília para Belém. Horário para depois da meia-noite. Tinha que esperar. Novamente, o Jornal da Globo.

"Fecha-se o cerco sobre a misteriosa mulher que esteve com o traficante Moisés de Souza, que morreu ao cair do vigésimo andar de um hotel no Rio de Janeiro. A polícia já descobriu seu endereço, conversou com amigas e acaba de interceptar um carro com Leandra Chaves, que confessou ter deixado Maria de Lourdes no Terminal Rodoviário de Juiz de Fora, de onde seguirá viagem. Notícias do Pará dão conta de que Maria de Lourdes, embora não saiba, é herdeira de uma grande e lucrativa fazenda, após a morte de seus pais, em circunstâncias não bem esclarecidas e que levam a crer que tenha sido tramada por Moisés."

Senhora Maria de Lourdes Dias?
Sim?
A senhora está detida. Pode vir por aqui, comigo?
Mas...
Por favor, não tente fugir.

janela ou corredor

Chegou três dias antes. Foi até a Aldeia Cabana, o sambódromo de Belém, avaliar o local. Olhou em volta para encontrar um bom ponto. Havia três prédios. Os proprietários de apartamentos deviam odiar o barulho das escolas de samba, nos desfiles. Circulou, entrou em uma birosca. Tomou cerveja. Dividiu com o dono. Ele disse que os barões se mandavam para as praias durante o Carnaval. O problema era o barulho. Stress. Camelôs. Trânsito infernal. Escolheu um prédio. Segurança frouxa. Porteiros dormindo ou conversando com empregadas. À noite, subiu até o telhado. A porta de acesso tinha cadeado. Abriu com gazua. Era uma boa vista. Boa distância. Uns sessenta metros, talvez, até o alvo. Fácil.

No dia seguinte, compareceu ao ensaio do Rancho Não Posso Me Amofiná, no bairro do Jurunas. Teve tempo suficiente para identificar sua vítima. Mas precisou esperar. Ficou bebericando e admirando as passistas em sua evolução. Até aprendeu a cantar o samba-enredo. A escola fervia em seus preparativos. Podia ter ido aos barracões, mas seria arriscado. Agora, sim. Cercado por seguranças, o patrono da escola entrou na sede. Apertou mãos. Deu abraços. Recebeu beijos das passistas. Passou tão próximo que sentiu seu perfume forte, cafona. Homem jovem, porém envelhecido. Barriga. Altura mediana. Calvo. Bigode. Não havia como confundir. Poderia resolver o assunto de maneira mais discreta. Mas as ordens eram para causar impacto. Como um aviso a todos. Também, o desfile de sua escola era um raro momento em que aparecia em público, era cumprimentado por autoridades e circulava pela pista, alegre, feliz e desprotegido.

Duvidava de que alguém tivesse a audácia de tentar algo ali, diante das arquibancadas e da transmissão de TV.

Na tarde do desfile, fechou a conta no hotel e foi ao aeroporto. Pela hora em que o Rancho passaria, marcou passagem em dois voos, já prevendo poder acontecer atraso. No maleiro, deixou sua bagagem e pegou uma sacola maior. O táxi o deixou quatro quarteirões antes, para não levantar suspeitas. Era finalzinho da tarde e o trânsito já estava complicado. Aproveitou a saída de um morador, de carro, pela garagem, e entrou. O porteiro, conversando com uma empregada. Foi até o telhado. Ficou deitado, no ângulo que escolhera. Tirou a arma da sacola e a preparou. Testou a mira. Perfeito. Começou a chover. Envolveu-se em uma capa. Comeu bolachas. Agora era esperar. Assistiu as escolas passando. Sabia o horário do Rancho. Realmente, os moradores tinham razão. O som chegava de maneira arrasadora. Já havia algum atraso. O ideal era pegar o primeiro voo marcado. Assim, nem haveria como ligá-lo ao caso. Anunciado, o Rancho se colocou para iniciar o desfile, com sua comissão de frente. Entrou. Passaram algumas alas. Lá vinha ele, com seu terno prateado e camisa vermelha. Acenava para as arquibancadas. Dava entrevistas. O prefeito desceu para cumprimentá-lo. Já estava na mira. Aguardou, sem pressa, chegar ao ponto marcado. Foi fácil. Estava diante de um carro alegórico. Aproveitou a referência. Dois tiros. O primeiro o jogou para trás, e ele se amparou no carro. Mais fácil ainda foi o tiro de misericórdia, que esfacelou a cabeça. Aproveitou que nem todos perceberam, naquele barulho, naquela festa de alegria. Mas havia correria. Até a bateria parar. Os foliões pararem de cantar. Os locutores pedirem calma às pessoas. Desarmou seu rifle, arrumou a sacola e desceu. O porteiro estava na rua, assustado com a correria, perguntando o que teria havido. Passou direto. Andou com calma, tranquilo. Ouviu sirenes. Polícia e ambulância. Passou dois quarteirões. Viu um esgoto. Jogou a sacola. Adiante, pegou um ônibus. Desceu alguns quarteirões depois. Chamou um táxi. Foi ouvindo, no carro, a confusão. No aeroporto, foi até o maleiro. Pegou sua bagagem. Tempo certo. Ainda havia fila no balcão. Janela ou corredor?

libertação

Tu me geraste em ato carnal. Te enfio a faca e vivo, enfim.

madame tina

Lutou muito mas, agora, cada vez mais compreendia sua verdadeira vocação. Enquanto sonhava em acompanhar a profissão do pai, herdar seu consultório, seus pacientes, Maria Cristina sofria ao olhar para as pessoas, qualquer uma. Bastava uma pequena concentração e lá estava vendo fatos de suas vidas, passados e futuros. Aquilo a incomodava. A fazia sentir-se diferente. Não comentava com ninguém. No começo, ali pelos 12 anos de idade, ainda contou à mãe, que lhe pediu para evitar momentos de constrangimento com amigas. Era certeira. A mãe desconversava cada vez que tentava falar a respeito. Ao namorar pela primeira vez, logo ao ver o rapaz já sabia tudo a seu respeito e até quanto tempo duraria. Foi sempre assim. Estudou, mas já sabia que passaria no vestibular de Medicina. Agora estava no penúltimo ano. Noiva, também. Carlos Alberto era um jovem advogado, recém-formado, começando uma bela carreira que o levaria ao estrelato. Ela já sabia. Quando se preparava para ir àquela festa, teve um flash do encontro com ele e foi tranquila, sabendo que tudo aconteceria da melhor maneira. Era a pessoa certa. Acostumou-se a guardar para si tudo o que via. Mas sabe como é, com a intimidade, aos poucos, aqui e ali foi dizendo ao namorado. De início, levou com humor, depois com preocupação, terminando por pedir-lhe o mesmo que sua mãe, há tempos. Atrasada para o estágio no hospital, desceu do carro e, quase correndo, dirigiu-se à entrada. Alguém a segurou pelo braço. Quase gritou de susto. Uma cigana. Por favor, não tenho tempo agora. Não fuja da vida. Não fuja da missão que a trouxe aqui. Que missão? Que vida? Por favor, estou com pressa. Minha filha, não perca seu tempo. Você é inteligente, será uma boa médica, mas não será feliz. O que é isso? Não lhe conheço. Conhece, sim. Talvez estivesse desconcentrada, atrasada, mas agora, olhando nos meus olhos, sabe quem sou. Por favor. Não fuja de sua missão. Você pode até continuar estudando para médica, namorando seu advogadozinho bonitão, vai até noivar, né? É, eu sei, você já viu isto muito bem. Mas olhe, pense. Deus te deu o dom de prever o futuro. Você pode ajudar muita gente. Não desperdice isso. Tenha apenas cuidado com o amor. Você é muito bonita, boa pessoa. Agora pode ir. Antes, por favor, uma ajudinha para a cigana?

Sim, ao fitar aquela mulher ela viu tudo. Não havia como escapar. Mas como fazê-lo, tendo sua vida tão arrumada, a carreira esperando, o namorado, futuro noivo, esposo, uma vida inteira, comportada, planejada, à frente? Contar tudo, esperar compreensão para uma situação tão estapafúrdia? Nunca. Aquilo era absurdo. Imagine para uma futura médica, obrigada a seguir os ditames da ciência, desconhecendo até terapias alternativas não cientificamente comprovadas. Inventaria outro estágio, mais específico, pela manhã. Driblaria os plantões neste turno. Estudaria e estagiaria nos demais horários. Ele compreenderia o acúmulo de afazeres. Também era um homem ocupado. Tinha certeza e sabia, claro, que daria certo.

Alugou uma sala no subúrbio. Comprou objetos, estátuas de santos, velas, incensos, cortinas. Fez um escritório com iluminação adequada, criando atmosfera de mistério. Na placa, MADAME TINA VÊ SEU FUTURO. CONSULTAS A 100 REAIS. HORÁRIO DE 08H00 ÀS 11H30. SEGUNDA A SEXTA. Contratou uma assistente para receber as pessoas na sala de espera. No primeiro dia ficou sentada, olhou em volta, sentiu-se ridícula, mas sabia que estava cumprindo sua missão. Nada aconteceu. No terceiro dia, entrou uma mulher. Nada demais. Apenas uma dessas viciadas em consultas com videntes. Viu como sua vida era tola. A mulher se preocupava com o marido, mas na verdade eram suas fofocas que causariam problemas. Falou. Talvez não tenha gostado. Paciência. Quando ela saiu, pensou se às vezes deveria mentir um pouquinho. Talvez. Uma senhora. O marido estava doente. Viu que não havia jeito. Preferiu dizer que estava difícil, mas com muita oração e cuidados podia ser que ele melhorasse. Mentiu. Um homem. Bem-vestido. Caso de mulher. Gostava da enteada. Queria saber o que aconteceria, e se a menina gostava dele. Que ódio. Monstro. Ele causaria muita dor à família. Separação. Problemas psicológicos. Mentiu. Disse que a garota tinha medo. Que sua mulher poderia flagrá-lo. Ele olhou como que querendo acreditar, mas sem querer abrir mão de suas intenções. Paciência. O tempo passou. Ela se formou. Agora dava os primeiros passos no hospital como clínica e finalmente ocuparia o consultório do pai, que estava se aposentando. Estava noiva. Foi muito bonito. Os pais de Carlos Alberto foram fazer o pedido. Casamento para seis meses. Tempo suficiente para montar apartamento e demais providências. Ela e Carlos Alberto viviam um conto de fadas moderno. Ambos independentes, vitoriosos, apaixonados, quando juntos, trocando beijos intermináveis e assuntos sempre renovados. Havia a mentira. Conseguira, durante todo esse tempo, manter o segredo. Madame Tina era um sucesso no subúrbio. Dra. Maria Cristina começava sua carreira na medicina. Uma manhã, entre um cliente e outro, abriu um refri para matar a sede e a visão veio forte, clara, em um flash: Carlos Alberto e uma morena beijando-se apaixonadamente. Um choque. Ilusão? Cansaço de uma manhã cheia? Pediu à atendente que não deixasse entrar ninguém até que desse o sinal. Sentou-se diante da bola de cristal que comprara apenas para fazer efeito, já que nunca precisara disso, e concentrou-se. A imagem veio clara, no escritório de advocacia de Carlos Alberto. A morena era colega e estava sentada em seu colo, abraçando e beijando seu noivo. Como não previra isso? Havia alguma falha? Concentrou-se desesperadamente e viu outras cenas dos dois, sempre durante o dia, passeando, trabalhando. Sim, uma vez à noite. Não foi aquela noite em que... Arlete, não vou mais receber ninguém hoje. Sairei mais cedo. Tenho um compromisso inadiável. Sacou o celular e ligou. Ninguém atendeu na primeira vez. Ligou novamente. Oi, amor? Oi. Estranho você ligar a essa hora. Algum problema na clínica? Não, liguei só pra dizer que te amo. Deu saudades. Eu também, eu também. Então diz que me ama, bem alto, agora, que eu quero ouvir. Meu bem, estou no escritório, em uma reunião com pessoas estranhas, me poupe disso. Então vamos almoçar juntos. Coisa rápida, só pra matar a saudade? Não vai dar. É que almoçaremos juntos finalizando um contrato. Olhe, logo mais à noite eu mostro pra você, tá bom? Tchau. Desgraçado, com ela por perto ele não diz nada. Nem manda beijos. Um flagra? Talvez. Pegou o carro e rumou para as imediações do escritório de advocacia. Ficou ali aguardando sua saída para o almoço. Pois sim. Estava na hora. Levou um susto. Alguém tocou no seu braço. Era o Alfredo, colega de escritório. Tá esperando o Carlão? É... Eu vou avisar. Escuta, não quer subir? Não, combinamos aqui embaixo. Puxa vida, acabou o flagra. Ele desce. Querida, não avisei que não dava para almoçar com você? Almoçaremos no escritório. Já pediram até os pratos. Você não entendeu? Saiu desconcertada. Pior que não ter dado era a quebra de confiança em sua vidência. Será que as sucessivas mentiras para melhorar a vida das pessoas, evitando verdades terríveis, tinham afetado sua capacidade? Não conseguira prever aquela traição. E logo da pessoa mais próxima dela. No resto do dia tratou de trabalhar, mas a cabeça completamente ausente. À noite ele apareceu, como sempre feliz, sorridente, sedutor. Anda trabalhando muito, viu? Agora até confunde as coisas... Querida, se não estivesse tão ocupado cancelaria tudo e iria almoçar com você. E, agora que estou aqui, posso dizer bem alto: Eu te amo! Quer outra vez? Eu te amo! Você é a mulher da minha vida. Tudo o que eu quero é me casar com você. Engoliu a raiva. De que adiantava fazer escândalo, jogar tudo em seu rosto? Era preciso um flagra para desmoralizá-lo e comprovar a visão.

Agora até duvidava disso. E se a vidência não fosse assim tão forte? Se tivesse se esgotado? A missão tivesse acabado? Ela sonhara, confundira-se, teria visto aquilo tendo por causa o imenso amor que sentia e o ciúme natural por um homem bonito, inteligente, como Carlos Alberto. Pelo menos hoje, fingiu aceitar tudo. Adiante, alegou cansaço, trabalho mais cedo, e ele a deixou em casa. Fez de conta que entrou mas voltou e ficou olhando. Ao invés de dobrar na primeira à esquerda, na direção de sua casa, como sempre fez, continuou e dobrou bem à frente, como quem pega o viaduto. Deixa pra lá. Vai ver, hoje decidiu mudar o itinerário. Demorou a dormir. E lá vinham as visões dele com a morena na cama. Conseguia ver tudo. Detalhes do quarto, da cama. Tomou um copo d'água. Estava induzindo as visões. O ciúme tomava conta de seus pensamentos. Buscou um tranquilizante e conseguiu dormir. Na manhã seguinte, só pôde atender o primeiro cliente. Lá vinham as visões dele no escritório, com a morena cortejando, cafezinho, beijinho, abraço por trás. Arlete, hoje também não vai dar. Madame, a sala está cheia. Está bem, serei mais rápida. Ouvia os dramas. Inventava qualquer coisa. Não conseguia ver nada. Só Carlos Alberto e a morena. Não foi trabalhar de tarde. Ligou para ele. Disse que não se sentia bem. Talvez fosse a menstruação chegando. A mãe queria saber. Nada, nada, menstruação chegando, mãezinha. Sozinha, no quarto. Pior. Visões. Estava induzindo as visões. Era fraca, deixando-se levar por ciúmes. Um homem correto, de bem, casamento marcado. O que estava errado era aquele mistério. Aquela história de Madame Tina, ridícula, com aquele turbante, maquiagem pesada, o roupão, a bola de cristal, a iluminação, cortinas, meu Deus, como aquilo era absurdo. Contando, ninguém acreditaria. Tentou ligar para o celular. Fora de área. Deixa pra lá, está estudando, dormindo, vendo futebol. No dia seguinte acabaria com aquela farsa. Desmontaria tudo. Madame Tina ia sumir para nunca mais. Acordou cedo e foi direto. Começou a empacotar tudo. Arlete chegou no horário. Havia uma cliente. Não há mais clientes, Arlete.

Acabou tudo. Estou encerrando as atividades. Minha missão terminou. Pago a você tudo o que lhe devo e ainda dou gratificação. Você foi sempre ótima, discreta, trabalhadora, de confiança. Madame, atenda somente esta moça. Ela parece desesperada. Faça apenas mais este favor. Por caridade. Não custava nada. Mais uma. Por caridade. Está bem. Será a última. Eu avisarei assim que estiver pronta. Fez a maquiagem pesada. Vestiu o roupão. O turbante. Chamou. A moça entrou, cabeça baixa, preocupada, intimidada. Sente, minha filha. Vamos ver o que tanto lhe aflige e encontrar uma solução. Ela levantou o rosto e a encarou. Era a morena. A morena do Carlos Alberto. Ficou atarantada. Confusa. Ela não reparou, tal seu nervosismo. E agora as visões vinham tão claramente que doíam. A mocinha é advogada, assustou-se ao assumir a voz que inventara para Madame Tina. Trabalha no escritório Marques & Thompson, 18º andar. É solteira... Foi dizendo tudo o que sabia, para maior espanto da morena. Seu namorado se chama Carlos Alberto. É seu namorado? Estamos namorando, sim. Ele é também advogado? Sim. Algum problema com ele? A senhora está vendo alguma coisa? Sim, vejo problemas para vocês. Ele promete muito, não é? Vocês quase não se veem à noite? Por quê? Ele diz que dá aulas em uma universidade... Humm. Madame Tina, eu vim aqui porque estou desesperada. Eu estou grávida. A notícia quase lhe fez desfalecer. Sim, estava grávida. É um menino. Um menino? A senhora viu? Mas ele não sabe, Madame. Eu não sei como vai receber. É que nós somos colegas de escritório. Aos poucos fomos nos paquerando, começamos a namorar, mas eu tenho quase certeza de que é casado. Já perguntei aos outros colegas, secretárias, mas ninguém diz nada. É tão estranho que não possa me ver no sábado e no domingo, todas as noites da semana, jantares. Sabe, eu sou pobre. Estou começando carreira. Não devia ter me envolvido. Eu gosto dele, Madame. Acho tão lindo, inteligente. Mas e agora? Sim, agora, ela também via tudo claramente. Só tem um jeito. Você precisa trazê-lo aqui. Agora. Agora? Não vai dar. Ele está trabalhando, quem sabe no Fórum. Eu também devia estar, mas no caminho do escritório, eu moro aqui perto, com meus pais, vi sua placa e entrei. Tente, minha filha. Diga que é caso de vida ou morte. Um problema com cliente. Nós o esperaremos. Ligue. Enquanto você liga, eu sairei por instantes até você terminar de falar.

Enquanto a morena falava, ela foi até os fundos da casa, onde o vigia noturno guardava seus pertences. Ela via tudo perfeitamente, de pé, sem o turbante, apontando a arma e atirando. Estava escrito. Ia ser assim. Estava tão claro! Pegou o revólver e, somente por garantia, confirmou que estava carregado. Enfiou no bolso do roupão. Voltou. Ele vem. Desconfiado, mas vem. Deve chegar em 30 minutos. Vamos esperar. Enquanto isso, vou lhe contar outras coisas de sua vida e você vai dizendo se estou certa ou errada, está bem? Conversaram e encontraram afinidades. Logo estavam até rindo. Deram as mãos por sobre a mesa. Ousou dizer que a morena tinha os olhos lindos. É que conversava e tinha novas visões. Perturbadores. Indicadoras. A voz de Arlete quebrou o clima.

Madame Tina? Um senhor, Dr. Carlos Alberto, está aqui. Houve um telefonema da moça que está aí com a senhora, para que ele viesse. Pode entrar?

Com licença? Pois não, pode sentar, Dr. Carlos Alberto. Como vai, Marina, tudo bem, meu bem? Conservara a cabeça baixa, ocultando-se na penumbra. Eu não estou entendendo. Vocês podem me dizer alguma coisa? Estava trabalhando em um contrato, meu bem, você também deveria estar... Eu estou grávida! Como disse? Estou esperando um filho seu. Está confirmado. Desculpe, eu também não esperava, fiquei desesperada. Madame já até viu que será um menino. Como assim? Escute, querida, você não acha melhor conversar mais tarde sobre isso? Pode até ser rebate falso, quem sabe. Não, está confirmado. Como disse? Minha senhora, por favor, sem querer lhe ofender, isso é assunto nosso. É aí que o senhor se engana. Levantou-se, tirou o turbante, foi para o claro. Senhor meu noivo...

Maria Cristina! Quem? Carlinhos, o que está acontecendo? Moça, nós fomos enganadas. Este homem, tão inteligente, tão bonito, advogado bem-sucedido, além de ser o pai do seu filho, é meu noivo. Temos casamento marcado. Tínhamos. Maria Cristina, meu bem, eu posso explicar. Não precisa. Esqueceu que eu sou vidente? Foi mais forte? Mostrou o revólver. Meu bem, por favor, não vá fazer uma besteira. Ela não ia fazer. O gesto, com o revólver, repetia o que havia visto. Mas, agora, era outra coisa. Maria Cristina, por favor, vamos resolver isso de forma civilizada. Aqui não é o lugar. Nós vamos sair e... Não faça besteira. Nós somos advogados. Cala a boca. Dá o fora. Vou contar até três. Um, dois...

O menino nasceu. É um neném forte e bonito. O nome não é Carlos Alberto. É Mário. O parto foi feito por Maria Cristina, sua madrinha. O consultório de Madame Tina está mais próspero do que nunca. Agora também oferece auxílio jurídico para os casos mais sérios. Elas formam um casal feliz.

maria cândida

Talvez tenha sido o fora que levei de Telma. Já devia estar acostumado. As garotas são assim. Chegam no estúdio tímidas, a gente leva um tempo enorme para iniciar as fotos, vão se revelando, vem o papo, o envolvimento, sucesso, final de semana na Ilha de Caras e, de repente, batem asas. Normal. Mas sei lá, fiquei chateado. O cara é um merdinha desses que mija nas calças ainda. Vai ver, a mesma idade, mesmas gírias. Deixa pra lá. Sentado, ali, na minha cobertura, tomando um porre para espantar o chifre, lembrei de Maria Cândida. Meu primeiro amor. Coisa de criança. De passar as férias em Mosqueiro. De buscá-la na porta do colégio. Era tão linda quanto pode ser uma boa recordação. Bateu aquela vontade. Nostalgia? Cervejas demais? Vontade de recuperar algo puro, verdadeiro? Pensei nisso enquanto estava no avião, voltando para minha cidade natal, de onde saíra há vários anos e não voltara, sem grandes motivos, uma vez que a família há muito havia se desfeito. A desculpa encontrei rapidamente, com o auxílio de um amigo antigo que sempre vinha a São Paulo e ficava em casa. Expor os trabalhos mais recentes. Sou fotógrafo. Minha especialidade é fotografar mulheres nuas. Playboy, Sexy, enfim. A maioria das modelos já esteve em meu estúdio. Namorei muitas. Talvez por isso a fama de conquistador, descobridor de novos talentos. Na verdade, isso esconde muita solidão. A velocidade dos novos tempos. Os relacionamentos durante o tempo de um flash. Estava voltando para encontrar Maria Cândida. Encontrar como? Namorar novamente, depois de adultos? E ela, estaria à minha disposição, aguardando durante todos esses anos? Claro que não. Imagino que casada, filhos, enfim. A lida inevitável com mulheres me deixou à vontade, perfeitamente natural, diante das mais belas e geniosas. Dava para encarar Maria Cândida. Meu amigo aguardava no aeroporto. As fotos iriam depois para o montador da exposição. No hotel. Meu amigo diz que preciso acordar cedo. Programação intensa. Jornais, televisão, entrevistas. A montagem da exposição. Acendo um cigarro e proponho lembrar um pouco do passado. Do colégio. Das férias na praia. Das farras. Das boates e sua luz negra e estroboscópica. Mansamente, pergunto por Maria Cândida. Recebo com aparente tranquilidade a informação de que está casada, com dois filhos. O marido é médico importante. Ela não trabalha. Cuida do lar. Aviso que preciso dar uma volta pela cidade. Rever algumas coisas. Depois das obrigações, ele avisa. Como é mesmo o nome do marido da Maria Cândida? Amanhã, às dez em ponto. Às nove, catálogo em mãos, procuro o número. Ligo. Sei que, àquela hora, o doutor já foi para o hospital, os filhos para o colégio.

Alô? Por favor, eu queria falar com dona Maria Cândida?

Pois não. Quem quer falar?

Um amigo.

Alô?

Maria Cândida?

É...

Sou eu. Não reconhece minha voz?

Não... por favor, pode se identificar?

Meu nome é Ricardo. Ricardo Souza.

Ricard... Ricardo? É o Ricardo mesmo? Ora, mas que surpresa...

Pois é...

Há quanto tempo...

Muito tempo. Tudo bem?

Tudo, claro. E você? Passeando?

Vim fazer uma exposição de fotografias. Começa amanhã...
Mas que beleza... você é fotógrafo... claro... de vez em quando sai nas revistas famosas...
Esse meio é assim mesmo. A gente precisa aparecer, senão esquecem...
Que nada... você é consagrado... quem diria, hein?
Que isso... Maria Cândida, e você?
Eu estou aqui, na minha vidinha... Casada, meu marido é médico, dois filhos lindos... vou levando...

A voz de Maria Cândida estava mais pesada, mais madura, claro. No entanto, o timbre era o mesmo e me provocava um misto de timidez e euforia, tudo ao mesmo tempo. Nervoso como se voltasse a ser o mesmo garoto. Imagina, logo eu, acostumado ao jet set, nervoso ao falar com uma simples dona de casa de uma cidade longe dos grandes centros...

Maria Cândida, liguei pra você porque gostaria de te ver...
Me ver?
Sim, tomar um chope, bater um papo, lembrar dos velhos tempos...
Sim, pode ser, claro, falo com o Marcos e combinamos... escuta, podia até ligar para a Zildinha, a Carmen, o Albertinho, nossa turma, e fazer uma reunião. Olha, eles vão vibrar por te rever, e principalmente porque você agora é uma personalidade, né?
Pode ser, claro... mas eu queria, primeiro, rever você. Nós dois. Você e eu, somente, claro, com todo o respeito ao seu marido...
Ah, Ricardo, assim você me encabula...

Será que foi só impressão ou notei um certo interesse, um certo arrepio passando por ela? Tantos anos depois e, de repente, essa ligação para tocar fogo no cotidiano?

Eu e você...

Ricardo, essa cidade é pequena, você sabe, é complicado, de repente vira um disse-me-disse e, depois, não temos nada para esconder um do outro, não é? Você não acha melhor...

Maria Cândida, eu quero te ver. Te ver novamente. Vivemos coisas tão bonitas, tão puras, tão fortes...

Credo, Ricardo, você falando assim... olha que vai se decepcionar... Eu virei uma coroa. Nada a ver com aquela garota de antes... Olha, já estamos maduros, você não acha que está dando uma de adolescente, querendo correr perigo?

Maria Cândida, eu vou até aí na sua casa, se você não quiser me ver...

Para, Ricardo, não começa a ameaçar... Olha, está bom, deixa ver, em que hotel você está?

Hilton.

Faz o seguinte. Eu vou te apanhar. Dentro de meia hora. Meu carro é um Civic preto. Me espera na porta. Espera mesmo, porque é difícil estacionar...

Sou fotógrafo. Raciocino com imagens. Seria uma tela de cinema dividida ao meio. De um lado eu, respirando rápido, sorrindo por dentro como um garoto festejando seu primeiro encontro, pensando mil coisas ao mesmo tempo. Meu cabelo está grisalho. Estou acima do peso. Devo me vestir como hoje me visto ou algo mais tradicional? Agora que estarei de frente para o crime, o que dizer? Parece que toda a minha experiência sumiu, de repente. Do outro, esta mulher que sai do seu cotidiano bruscamente. Um chamado do passado, com o agravante de ser um profissional conhecido nacionalmente. E a culpa pelo marido, filhos. Ou não, ela sabe que será um encontro de velhos amigos e será assim, tudo muito distante, formalmente distante? Meu amigo ficou uma fera. Transfere tudo para a tarde. De tarde! Não posso dizer.

Oi?

Oi, entra aí...
Tudo bem?
Demorei?
Não, imagina.
Vamos sair daqui...
Pra onde?
Vamos rodar pela cidade, dar uma volta... Sorte que o Marcos mandou botar esse filme nos vidros...
Eu sei, Maria Cândida, eu sou daqui, não esqueça...
Parece que esqueceu, me ligando, assim, no meio da manhã, me convidando, não queria matar de susto uma velha? O grande Ricardo Souza e a Maria Cândida...
Com você sou apenas Ricardo e você, Maria Cândida, minha antiga namorada...
Ih, tempos passados...
E o seu marido, é um cara legal? Casou logo?
Não, passei um tempo solteira, fiz alguns cursos, ia ser bibliotecária, mas ele veio do Paraná trabalhar em um hospital, nos encontramos na missa e casamos algum tempo depois. Ele é legal, tranquilão, na dele, meio sério, acho que por causa da profissão...
E os filhos?
Dois pré-adolescentes, ou aborrecentes, você sabe, João e Gabriel, treze e catorze anos, estão no colégio...

Fomos rodando pela cidade, pontos turísticos, locais para nós representativos. Preciso dizer uma coisa: Maria Cândida não é mais a garota que namorei. Desculpem se parece uma burrice. Claro que não podia ser, mas é questão de imagem gravada na memória. Ela é uma mulher de 42 anos, ainda bonita, mas um pouco rechonchuda, vestida de maneira careta, muito careta, dessas que talvez tenham se despedido da vida. Casamento estável, filhos no colégio, casa para cuidar. Comecei a achar que seria um encontro apenas amistoso. Vai ver, ela tinha razão quando sugeriu chamar o marido e alguns amigos do nosso tempo. Tudo não passara de um surto de nostalgia, o chifre, a cerveja.

Maria Cândida, posso te dizer uma coisa? Eu nunca te esqueci, sabe?
Puxa, que bacana, nem eu... foram tempos tão bons... Agora, deixa de ser educado demais, né? Você, fotógrafo famoso, sempre com uma mulher bonita e jovem ao lado, desfilando nos lugares mais top, viagens internacionais, vem me dizer que lembra da Maria Cândida?
Lembro. Por isso mesmo. Sem brincadeira, nem falsidade.
Lembra mesmo?
Lembro. Nós não devíamos ter brigado.
Também, depois do que você me fez...
Eu sei, eu era um rapazola bobo.
Muito bobo. Já naquela época era conquistador, não podia ver rabo-de-saia...
Que besteira. E deixar você me flagrar...
Eu sofri muito. Chorei não sei quantos dias.
Eu também, sabia?
Aposto que não.
Eu chorei também. Pedi perdão, você ficou irredutível...
Eu sei. Foi besteira também.
Você sabia que foi por isso que eu fui embora?
Não. Claro que não, você apenas foi estudar em São Paulo...
Não foi. Eu fiquei mal. Mal por ter perdido você. Mal por me sentir assim. Eu era realmente meio conquistador...
Meio, não...
Tá bom. Mas eu te amava, sabia?
Eu também te amava.

Toquei a mão de Maria Cândida. Ela estremeceu mas não largou. Passei a mão em sua coxa, por cima do vestido.

Ricardo, olha aí, de repente acontece um desastre.
Um desastre... olha as segundas intenções...
Você, hein?
Maria Cândida.
Não faz isso. Eu não vou aguentar, tá? Depois, pra você, não representa nada, sempre cheio de mulheres, disputado, mas pra mim...
Maria Cândida, representa, sim. Aqui, com você, está apenas Ricardo...
Por favor, Ricardo, eu não vou aguentar... você está me gozando? Olha pra mim, gorda, velha, feia, você que só vê as lindas e jovens.
Maria Cândida, vamos para um lugar, agora, só nós dois, matar essa saudade?
Ricardo!
Eu sei que você quer. Vamos fazer essa loucura juntos. Uma vez!
Pelo amor de Deus!
Vamos ou não?
Eu sei um lugar... Meu Deus, permita que ninguém veja o carro...
Vocês devem estar se perguntando: se a mulher me decepcionara nos quilos a mais, na roupa, no jeito conformado de encarar a vida, porque eu a convidara para um motel? Eu também. Coisa de homem, cumprir um roteiro que estava escrito antes? E, agora, entrando no motel, eu começava a pensar como faria para me excitar.

Antigamente não tinha nada disso por aqui.
Agora está cheio de motel.
Vamos trocar de lugar. Tenho vergonha de pedir um quarto. Passa pro lugar do motorista.

Você vem ao motel com seu marido?

Imagina... Ele é meio metódico, também acha que se fosse visto pegaria mal para a clientela...

Eu não vou porque tenho meu próprio apartamento.

Seu abatedouro, não é?

Maria Cândida, por favor...

Escuta, você não trouxe nenhuma máquina fotográfica, não?

Eu a segurei por trás. Virei. Se antes pensava em como ia ficar excitado, agora estava tudo apagado. Eu olhei seus olhos, bem dentro deles, e lá achei minha memória. Pior, quando a beijei no pescoço, veio tudo. O tempo não havia passado. Memória olfativa. Cheiro do corpo. Encaixe. O jeito de beijar. Nos abandonamos àquela relação, àquele encontro de dois corpos saudosos. Rimos ao interromper para procurar uma camisinha.

Eu te amo.

Ai, Ricardo, assim vai ser demais, né? Como assim?

Eu te amo, Maria Cândida.

Não faz isso...

Eu que peço a você que pare com essa depreciação.

Mas é...

Eu te amo. Digo isso tranquilamente. Pra você foi apenas um...

Eu também te amo. Eu sempre te amei. Nunca deixei de amar. Fiquei sozinha, sofri, casei, mas sempre te amei.

Eu te amo, Maria Cândida. Voltei aqui somente para confirmar isso...

Você voltou por causa da exposição.

Mera desculpa. Estava em casa, sofrendo porque a namoradinha me botou um chifre. Tomei umas cervejas e lembrei de você. Deu saudade, uma coisa esquisita. Inventei a exposição só pra te ver novamente... agora eu sei.

Ih, olha a hora! Vamos, pelo amor de Deus! Sou uma mulher casada em um motel!

Esquece o mundo, vamos ficar aqui...

Ricardo, para com isso, vida real, vida real, vamos!

No carro, veio um silêncio. Mas as mãos, dadas. Perguntei se nos veríamos novamente. Venham na exposição. Vou mandar os convites. Ela virá. No resto da tarde e parte da noite, trabalhei com imprensa e na montagem. Maria Cândida na cabeça. Meu amigo me levou para jantar. Me achava pensativo. Inventei a desculpa de que era um ar blasé de fotógrafo famoso... No restaurante, todos olhando. Fiz a linha. Maria Cândida na cabeça. Voltei para o hotel. Noite em claro.

Alô?

Alô?

Maria Cândida?

Oi, Ricardo, tudo bem? Tudo pronto?

Tudo pronto. Vocês vêm, não é?

Recebemos os convites ainda ontem.

Você vem mesmo?

O Marcos não é muito de sair, mas eu contei que você ligou, que era um grande amigo, e acho que vamos.

E nós?

Nós o quê?

Não vamos nos ver hoje?

Sim, na exposição...

Maria Cândida, você sabe o que eu estou dizendo... não dormi direito, pensando em você.

Nem eu, Ricardo, mas é uma loucura... pra você é muito fácil, solteiro, conhecido conquistador, mora em São Paulo, vem aqui e...

Maria Cândida, para com isso. Vamos nos ver...
É muito arriscado.
Você quer me ver? Então paro com tudo. Quer?
Quero. Te apanho em meia hora.

Maria Cândida, quero te dizer uma coisa.
Ai, meu Deus.
Para com isso.
Tá.
Vem comigo.
Eu? Pra onde?
Vem comigo.
Ricardo, por favor, assim é demais.
Vem comigo. Vem morar comigo em São Paulo.
Você fala essas coisas e depois não quer que eu diga como? Sou casada, dois filhos. Você lá, cheio de garotas lindas, modelos internacionais e de repente aparece comigo. Eu. A Maria Cândida.
A Maria Cândida. Eu te amo e pronto. Eu amo você, Maria Cândida.
Eu também te amo. Por isso mesmo que não dá. Vai ser feliz, com sua vida agitada, seu sucesso, e me deixe aqui na minha vidinha... eu agora sou mais feliz depois desses nossos encontros...
Pra você a vida acabou? Quer viver esse cotidiano chato? Vem morar comigo. Vem amar. Vem viver esse amor.
Ricardo, pelo amor de Deus, não faz isso comigo. Eu vou enlouquecer. A minha parte emocional vai agora, contigo, direto, pro aeroporto. A racional sabe que isso é impossível.
Vou falar pela última vez. Abro a exposição hoje à noite. Viajo amanhã, no voo das sete. Quando chegar no hotel, já compro a tua passagem. Me dá teu CPF. Me dá! Pronto. O que você vai dizer pro

marido, filhos, sociedade, não interessa. Eu quero você. Eu te amo. Você me ama. Vamos descontar esse tempo todo.
Vamos que está na hora...
Mas já sabe. Não vou repetir. Sete horas da manhã. Tem que estar no aeroporto às seis.

Silêncio no carro. Mãos dadas. Sopro um beijo antes de sair do carro. Olho no fundo dos seus olhos. Está lá. Eu sei. Meu amigo ainda me levou para mais uma entrevista, conversa com o patrocinador. Soube que a maioria das fotos já estava reservada. Seria um sucesso. Foi. Circulando entre as pessoas, ouvindo elogios, apertos de mão, conceitos rápidos, piadinhas a respeito das modelos. Onde está Maria Cândida? Afinal, ela apareceu. Com o marido. Gordinho, meio calvo, cafona, careta, no sapato aqueles birimbelos ridículos.

Ricardo? Sou a Maria Cândida. Lembra de mim?
Maria Cândida, mas claro! Puxa, que prazer... há quanto tempo, não é? Quer dizer, falamos ao telefone, mas assim, pessoalmente...
Esse aqui é meu marido, Marcos...
Como vai, Marcos? Ricardo Souza.
Eu sei, o famoso fotógrafo... nem sempre a Candinha deixa que eu leve para casa as revistas com suas fotos... sabe como é, os meninos... mas são lindas!
Obrigado, soube que você é médico...
Cardiologista...
Então sabe cuidar dos corações.
Clinicamente, claro...
Fiquem à vontade, por favor... grande prazer tê-los aqui.

Eles circularam, eu também. Um não tirava o olho do outro. Aquilo estava beirando a irresponsabilidade. Beirando? Já havia mergulhado.

Meu amigo vem e me diz que há muito também não via Maria Cândida e que a achou meio envelhecida... Envelhecida... Como explicar? Imagina quando eu chegar com ela em São Paulo... Não interessa. Não interessa a ninguém. Eu amo essa mulher e pronto. Vai ser a coisa mais séria que eu já fiz na vida. Enfim. Ele estava em uma roda de homens. Ela foi saindo, olhando as fotos.

Oi?
Puxa, que susto!
E aí, tudo certo?
Tudo certo o quê, Ricardo?
Você sabe...
Você é louco. Nós somos loucos...
Nós? Quer dizer que...
Não quer dizer nada. Depois, depois de amanhã levo um chute, chega uma dessas gatinhas de revista, com os seios turbinados, novinha, e eu levo um chute?
Maria Cândida, é exatamente depois de estar com todas essas gatinhas que eu quero que você vá comigo. Eu te amo...
Ricardo! Olha as pessoas...
Eu não tenho vergonha. Quer me ouvir gritar?
Doido! Varrido! Eu vou voltar lá com o Marcos...
Tá, volta. Estou te esperando. Tua passagem, comigo. Leva só bagagem de mão. Compramos tudo de novo.

Não respondeu. Voltou. Meu amigo tinha um grupo esperando para sair. Ela foi antes. Deu um adeusinho. O doutor também. Maria Cândida.
Fomos jantar. Queriam esticar em uma boate. Três mulheres, bem jovens, quase se atirando, certamente sobre o fotógrafo, não sobre o Ricardo. Dor de cabeça. Volta para o hotel. Não precisa ir ao

aeroporto. Tomo um táxi. Obrigado. Manda um email. Acertamos as contas. Beleza. Te espero nas férias. Acordado na cama. Maria Cândida. Imagino que ela está dizendo ao marido e aos filhos. Não. Esperará o doutor dormir. Sairá com a casa dormindo. Como nos filmes. Demorará até o último instante. Entrará correndo no aeroporto. Será a última. Bagagem de mão. O avião levantará voo, e a música-tema ao fundo. Sobem os letreiros. The End. Assim?

maria rita

A família Camargo mudou-se para o apartamento ao lado. Os dois filhos, Maria Rita e Eduardo, tinham treze e seis anos de idade. Estávamos nas férias. Sabe como é. A galera ficava lá embaixo, jogando conversa fora, batendo bola. O Eduardo não descia. A Maria Rita só passava por nós. Parecia ocupada. A mãe e o pai também eram arredios. Um dia a porta do apartamento deles estava aberta e eu ouvi o som do game no computador. Botei a cara. O Eduardo olhou. Disse que eu podia entrar. Começamos a jogar. Veio a mãe, olhou estranho, sei lá, fiquei mais um pouco. Fui embora. Encabulei. No dia seguinte, o Eduardo bateu em casa. Os pais tinham saído. Fomos jogar. Legal, o Eduardo. Garoto simpático. Chegou Maria Rita. Linda. Nunca tinha achado isso. Mas naquele instante achei. Olho no olho, e o mundo ficou diferente pra mim. Ela passou e foi pro quarto. Depois voltou e disse que o Eduardo tinha algo para fazer. Entendi. Fui embora. Mas Maria Rita ficou na minha cabeça. Outro dia. De novo com o Dudu. Perguntei pela irmã. Disse que não tinha namorado. Que era chata. Tudo bem. Normal. Saí antes que alguém chegasse. Fiquei à espreita. Ela não aparecia. De noite, ia descer pra ficar com a turma. Abri a porta do elevador e nos assustamos. Eu e ela, que chegava. Eu e ela. Encarando. Ela tomou a iniciativa. Disse oi. O elevador foi embora. Ficamos ali falando de qualquer coisa. O tempo não passava. Convidei para um cinema. Disse que não tinha tempo. Namorado? Não. A gente se vê. Voltei pra casa. No quarto. Na cama. Maria Rita. Aqueles olhos negros, profundos, um ar diferente. Precisava fazer alguma coisa. No dia seguinte, na padaria em frente. Vi quando saiu. Fui atrás. Lá na praça, dei a volta e encontrei. Oi. Simpática. Andamos juntos. Pareceu incomodada. Vamos sentar? Ficamos. Cada vez mais próximos. Um beijo no rosto. Minha cara esquentou. Deu a mão. Depois a gente se vê. Agora tenho compromisso. Foi. E eu fiquei nas nuvens. Voltei pra casa. Não fui com a galera. Maria Rita. Apaixonado. Maria Rita. A porta fechada. Dudu não estava, acho. Quase não dormi. Planejei. Me declarar. Acordei entusiasmado. Cedo. Bati. Nada. Ninguém? Desci. Perguntei ao porteiro. Mudaram-se. Quê? De noite. Foram embora. Pra onde? Não sei. Como? Voltei pra casa arrasado. Demorei alguns dias para descer novamente. Me gozaram. Me chamaram de leso. Bobo. Tá. Maria Rita na cabeça.

Quatro anos depois. Passei no vestibular. Férias em Macapá, na casa da tia Memê. De dia, futebol e lero com os primos. De noite, farra na orla. Vida boa. Últimos dias. Vou à Zona Franca procurar uns perfumes pra mamãe. Um garoto tropeça em mim. Olho. Eduardo? Eduardo? Ele me olha apavorado. Eduardo, insisto. Ele me reconhece. Não sou Eduardo. Sou Carlinhos. Mas como? Você não morou... Sim. Mas meu nome é Carlos. Não era Eduardo Camargo? Camargo? Não, Oliveira. Carlos Oliveira. Não consigo entender. Será que havia compreendido errado? Você não é irmão da Maria Rita? Não. Minha irmã se chama Flávia. Para de me gozar. É Maria Rita. Não, é Flávia. Vocês estão morando aqui? Por que se mudaram tão rápido? Ele olha adiante, incomodado. Olho e vejo Maria Rita chegando. Linda. Sim. Definitivamente linda. E eu ainda apaixonado. Maria Rita! Ela não sabe o que fazer. Maria Rita, há quanto tempo! Meu nome é Flávia. Flávia Oliveira. Carlinhos, quem é? Ah, não enche o saco, Maria Rita. Não quer falar, avisa, mas não diz que não me conhece que fica chato, né? Vamos, Carlinhos, temos assuntos a tratar. Tá bom, quer assim, tá bom. Vai fundo. Saíram os dois e eu fiquei ali, aparvalhado. Pensando se estava maluco. Não. Não a esse ponto. Quando se distanciaram, resolvi segui-los. Estava de férias ainda e tinha tempo a perder. Pegaram um ônibus. Tomei um táxi.

Desceram em uma vila de casas de classe média. Parei adiante. Sentei em um boteco. Chegou o pai. Depois, a mãe. Doido eu não sou. O que está acontecendo, não sei. Maria Rita. Que Flávia que nada. Maria Rita. Agora era uma mulher. Mais bonita ainda. E aqueles olhos que nunca mais saíram da minha tela. Naquela noite, os primos me acharam diferente. Decidi não contar. Podia parecer coisa de doido. Voltei no dia seguinte. Tinham partido. Perguntei pela vizinhança. O seu Oliveira foi embora logo cedo, com todo mundo. Eram estranhos. Não conversavam com ninguém. O garoto, Carlinhos, era mais simpático. A menina, bonita, misteriosa. Pois é. Tá certo isso? Se conto me chamam de maluco.

Toquei a vida. Casei. Descasei. Como advogado, fui parar no Rio de Janeiro em uma grande empresa. Aos domingos, futvôlei na praia, ali no Posto 9. Perdi a partida. Dei um mergulho pra refrescar. Vou retornando à rede. Um casal vai chegando. Dei um encontrão em alguém que estava deitado. Desculpe. Eu vi. Lá vem a maluquice outra vez. Eduardo e Maria Rita. Não fui lá. Fiquei de longe. Era o que faltava. Podia deixar pra lá. Vão com a doideira de vocês pra longe. Tenho mais o que fazer. Maria Rita. A cabeça da gente é foda. Ela sentou na esteira. Antes, tirou a saia rodada, dessas riponoutas, e a camisa. Linda. Uma mulher nos seus quase 30 anos. Deusa. A galera chamou. Depois. Estou cansado. Dá um tempinho. Ele passando protetor solar nela. Depois ficaram ali, olhando o mar, calados. Vou lá? Eu, um advogado com carreira em ascensão, mas com essas coisas estranhas? Visões? Não. Era real. Bem real. Eduardo? Maria Rita? Me olharam como a um estranho. Ih... Vai dizer que não são Eduardo e Maria Rita. Que são Carlinhos e Flávia. Eu sou Mário. Ela é Rosana. Ih... Não me conhecem? Olha, eu não sei bem o que acontece com vocês, mas eu não sou maluco. Essa coincidência também de encontrar vocês por aí, com essa troca de nome, essa coisa de não conhecer... Tem explicação? Desculpe, mas não estamos entendendo. Está procurando alguém? Acho que nos confundiu. Sentei. Olha, a não ser que chamem a polícia, eu não saio daqui. Vão explicar ou não? A menção dos meganhas não fez bem a eles. Percebi. Vi ali a minha chance. Vou chamar o policial. Vocês devem ter alguma coisa pra contar. Não faça isso. Por favor. Então contem. Quer saber o quê? Não se pode mais vir à praia? Não te conheço. Conhece muito bem. Olha, Maria Rita, tudo bem que você não queira mais saber de mim. Foi algo rápido, de adolescentes, mas tem alguma coisa errada. Tem ou não tem? Eles se olharam demoradamente. Maria Rita tocou na mão de Eduardo como quem assume o comando. O que você quer saber? Primeiro, como vocês se chamam. Depois, por que estão sempre se mudando. Por que mudam de nome. Por que o mistério. Pode ser?

Meu nome é Ana Maria e ele é Pedro Luiz. Nós vivíamos fugindo. Tá bom saber só isso? Não. Fugindo de quê? Olha, talvez seja melhor não saber. Eu quero. Sou advogado. Posso ajudar. Não pode. Ninguém pode. É coisa fechada. Olha, vou te contar de uma vez, depois você volta pra sua vida normal e nos deixa, tá? Não é porque nos conheceu que precisa saber de tudo, não é? Está bom assim? Tá. Não me importo que não acredite. Mas depois de ouvir, vá embora. Meus pais trabalhavam com o atual Presidente da República, no tempo em que ele era deputado aqui no Rio. Ele era um gerente dos negócios do cara. Drogas, prostituição, lavagem de dinheiro, essas coisas. Meu pai e minha mãe deram o fora. Esconderam dinheiro. Passamos a ser caçados, sem poder sair do Brasil. Por isso, tudo. E por que voltaram? Cansamos. Nossos pais resolveram negociar para acabar tudo. Eles saíram desde ontem e não voltaram. Querem salvo-conduto pra deixarmos o país. Recomeçar tudo no Chile. Hoje de manhã caiu a ficha. Eles não vão voltar. Saímos escondidos. Compramos essas roupas. Viemos nos esconder na praia. E agora? Não sabemos. Não podemos usar nem cartão de crédito. Vai ser rastreado. Posso emprestar algum. Vá embora. Você tem sua vida. Sua carreira. Vai se dar mal. Problema meu. Estou de carro. Vamos pra casa. Lá a gente resolve. Foram. Tomaram banho. Mandaram pedir pizza. Emprestou roupas. Pegou dinheiro que tinha guardado.

Toma aí. Depois devolve, tudo bem. Eu podia ir lá no apartamento de vocês ver como está. Não faça isso. Não vai dar certo. De noite. É melhor. Não. Então vai de dia. Amanhã é segunda, tem mais gente na rua. É mais despintado. Ainda joga videogame, Dudu, Carlinhos, Pedro? Não. Estou por fora, agora. Viram TV. O rapaz dormiu no sofá. Ela na poltrona. Decidiu acordar. Sussurrou que ela podia dormir na cama dele. Rostos próximos. Demais. Um beijo. Foram para a cama. Ele desfrutou, enfim, do calor do corpo daquela mulher tão urgente, tapando a boca para diminuir os gemidos, tão quente, tão voluptuosa, quadris, seios, músculos, tantos e tantos anos apenas na imaginação. Também gostei de você desde aquele tempo. Mas não podia continuar. O Pedro era criança. Não compreendia tudo. Durante esses anos trocamos de cidade várias vezes, trocando de nome. Só papai se garantiu com uma conta em um banco, com outro nome. Cansamos. Ele tem o que negociar, mas é parada alta. Jogo pesado. Não se meta. Você é um cara legal. Podia dar certo. Não vai dar. Você precisa dar uma chance para dar certo. Pode ser que seus pais consigam. Podem voltar. Podem até viajar e vocês ficam aqui comigo. Sou solteiro, mando na minha vida, ganho bem, sou um advogado com boas chances de subir na empresa. Em alguns anos posso ir para a matriz na Alemanha, e aí moramos fora de uma vez. Olha, amanhã eu passo lá. Vejo como é que está. Como é o nome do teu pai. Pergunto na portaria. Alexandre Carneiro. Nome falso? É. Melhor passar logo cedo. Acordou, olhou pela última vez o corpo daquela mulher maravilhosa. A mulher da sua vida. Deu um beijo terno. O rapaz também dormia na sala. Saiu naquela manhã ensolarada, quente, verão carioca. Estacionou na Barão da Torre. Foi andando até o Edifício Maria Isabel, esquina da Barata Ribeiro com Bolívar. Passou a primeira vez. Havia um homem de terno escuro, como se fosse motorista, na esquina, dentro de um carro, pela Bolívar. Sacanagem fazer o cara trabalhar de paletó e gravata neste calor, pensou, ele próprio, também vestido assim. Quando passou novamente, viu mais dois homens, na portaria, de paletó e gravata. Um deles, de costas, não o viu, e falava em um rádio. Passou direto. Foi à banca de jornais. Perguntou se havia visto o Dr. Carneiro. Tem uns três dias que não vem buscar o jornal. Mas tem uns caras aí também procurando por ele. Gelou. Aquela era uma situação nova. Pensou na carreira. Pensou em Maria Rita. Pra ele, era seu nome. Atravessou a rua, andou até a Toneleros e só então voltou ao carro, suando, nervoso. Ligou o ar, controlou a respiração, olhou em volta. Saiu com o carro, dando uma grande volta. Parou outras vezes. Não estava sendo seguido. Retornou para casa. Abriu a porta cheio de gás e nada. Não estavam. Levaram o dinheiro. Um bilhete. Um dia, quem sabe, te amo. Obrigado. Fica com Deus. Maria Rita e Pedro Luiz. Respirou fundo. Lagrimou. Retomou. Perguntou ao porteiro. Pegaram um táxi. Foi para o trabalho. Um dia, quem sabe.

menino do rio

Aquele verão seria diferente de todos. Naquele mês de julho, em Mosqueiro, havia algo novo no ar. Hoje eu sei que todos nós estávamos com nossos hormônios explodindo, a transição entre a criança e o adolescente vindo com toda a força. Naquele verão, as meninas se aproximaram dos meninos. E ficavam em grupos, dia e noite, em conversas intermináveis. Durante o dia, na praia, seja em grandes rodas, seja em longos passeios, do Farol ao Chapéu Virado, visitando outros grupos. À noite, ou nas portarias dos prédios ou em festas que aconteciam diariamente. Era sempre aniversário de alguém. Para mim, especialmente, foi um verão marcante.

Um garoto carioca estava passando férias, hóspede de um amigo meu, de colégio. Bebeto. Vocês não têm ideia do impacto da chegada de um carioca, adolescente, bonito, com aquele sotaque, em Belém. Em Mosqueiro. Na minha turma, havia pelo menos umas três meninas que sonhavam acordadas com ele. Se Bebeto aparecia, paravam tudo e ficavam fazendo corte. Ele chegava de sunga, bronzeado, cabelos longos, um olhar assim melancólico e pronto. Era o centro das atenções. É claro que eu notei. Sim, também fiquei apaixonada. Mas, talvez por defesa, não fiquei assim, demonstrando, babando. Ele pegava o violão e cantava. As meninas suspiravam. Eu ficava na minha. Mas podia sentir que seus olhos estavam em mim. Foi na última semana. Houve um aniversário na casa da Tatinha, no Edifício Catolé. Todo mundo estava lá. Alguém botou Blitz, "A dois passos do paraíso". Ele veio e me chamou para dançar. Colamos. Senti seu cheiro. Seu aperto. Aceitei. Sabia que todas as minhas colegas estavam olhando. Deixa pra lá. Quando a música acabou, ele disse que queria me dizer uma coisa. Fomos lá fora e me pediu para namorar. Eu disse sim. No resto da semana, grudados, pra cima e pra baixo, de dia e de noite. No último sábado das férias saímos os dois, andando, por aí, sob o luar do Mosqueiro. Fomos à praia e fizemos amor. Foi natural, romântico, perfeito. No dia seguinte, voltamos para Belém. Ele para o Rio. Nunca mais.

A vida seguiu. Me formei advogada. Fiz concurso. Multinacional. Departamento Jurídico. Rio de Janeiro. Carnaval. Estava com um grupo de amigos no Baile do Fluminense. Meu namorado também era do Jurídico. Fui ao banheiro. Passei por aquela horda de foliões ensandecidos. Havia um segurança na porta. Bebeto. Nos olhamos demoradamente. Disse oi. Entrei. Lá dentro, um filme inteiro passou na minha cabeça. Quando saí, ele ainda estava lá. Tudo bem? De férias aqui? Não. Estou morando. Trabalhando? Sim, sou advogada de uma multinacional. Que bom. E você? Aqui, no trampo. Segurança. Bom te ver. Isso. Vai com Deus. Saí andando. Voltei. Escuta, tem uma caneta? Anota meu telefone. A gente podia conversar, lembrar daquelas férias. É. Podia. Deixa eu anotar. Te ligo. Tchau.

Ele ligou duas semanas depois. Estou aqui no Centro. Podíamos almoçar? Tá. Onde? Oi. Se divertiu muito naquele baile? Mais ou menos. Levei um susto quando te vi. Eu também. Te reconheci logo. Eu também. Não disse, mas ele estava bem envelhecido. Não estava ali aquele brilho nos olhos. Aquele corpo bronzeado. Aquele carioca passando férias em Mosqueiro, no mês de julho. Moro aqui há uns oito meses. Formei em Direito. Fiz concurso. Trabalho aí nesse prédio. E você? Não me formei. Meus pais morreram. Tive que trabalhar. Sem estudo, sabe como é. Casado? Sim. Dois filhos. Já? É. Mora ainda lá em Copacabana? Não. Tive que mudar. Agora em Olaria. Olaria? É. Zona Norte. Ah. Você continua bonita. Você também. Bons tempos, não foi? E aquela turma? As meninas, os rapazes. Sabe que nunca mais falei com meu primo? Está morando na Austrália. É, também me desliguei deles, sabe como é, faculdade, outros interesses. Aquele verão lá de vocês foi muito maravilhoso. Foi. Você, pra mim, foi muito maravilhosa. Você também. A gente não se falou mais. Foi. Bacana. Legal encontrar você de novo, assim, de repente, em uma festa de Carnaval. É. Um susto. Foi. Escuta, você não sabe se aí nessa empresa estão precisando de segurança? Qualquer coisa? Estou desempregado há três meses, vivendo de bico. Qualquer trampo serve. Sabe, tem duas bocas pra alimentar. Posso ver. Você tem meu telefone. Me liga amanhã. Vou me informar. Escuta, não tenho dinheiro pra conta. Dá pra pagar? Deixa comigo. Hoje em dia não tem problema nenhum mulher pagar. Peguei a mão dele e disse foi bom te ver. Vamos ver se dá pra ajudar. Ele me segurou forte, pensei que fosse me beijar, reconheci aqueles lábios, bem próximos. Me ajuda, por favor. Estou precisando. Saiu. Fiquei olhando e pensando. Aquele homem, quando garoto, foi rei, um dia, um julho, em Mosqueiro. Meu rei.

o cortejo da dor

Vem um pequeno grupo de pessoas, crescendo em número, chegando gente de todos os lados. À frente um homem forte, típico nortista, pele queimada, trazendo no colo uma mulher que veste alguns panos e parece desacordada. Vem, ao que parece, daqueles quartinhos baratos de hotéis de última categoria, em frente à Estação das Docas. Fui olhar. Curiosidade. Cheguei pelos lados. Procurando ouvir. De um lado, uma mulher, meia-idade, talvez prostituta, pelas roupas, maquiagem, caminha parecendo inconformada. Resmunga, mas ninguém ouve. Resmunga para si, talvez com medo de o homem ouvir. Não quer deixar de dizer, mas o faz como que para dentro. Do outro, aparentemente um amigo, o qual argumenta sem parar. Lembra que é pessoa boa, de bom coração. Que tem muitos amigos. Que deixe para lá. Que sabia de quem se tratava, desde o início. Que poderia pagar com a liberdade aquilo tudo. Fala. Repete. O homem não interrompe a caminhada. O amigo também parece cumprir apenas um ritual. Não pode deixar de dizer. Mas sabe que não seria ouvido. Também chegaram alguns pivetes. Às primeiras brincadeiras, um breve olhar, de relance, os faz calar. Em volta, acompanhando, contritos, companheiros de um e de outro, penso. Lá vem uma esganiçando que cansou de avisar, mas que ela não ouvia ninguém e fazia só o que dava na telha. Que era o santo que dominava. Um dia a casa cai. Outro respondia, embora não olhasse diretamente, quem sabe para o ar, para a curiosidade do mundo, que ele não merece. Trabalhador, sério, bom. Aquela puta de vala vai acabar com a vida dele. Puta de vala não senhor, porque eu também sou da vida, eu sou da rua, viu, meu senhor? Eu sou da rua mas não sou lixo, como o senhor aí tá dizendo. Me afasto. Os ânimos podem se alterar. Agora estamos bem próximos à Escadinha do Cais do Porto. O homem. O andar estava mais pesado. Mesmo forte, não é fácil carregar 50 quilos, talvez, por grande distância. O rosto está congelado. Já busca ar pela boca. Os olhos são vermelhos, quem sabe, de emoção, ódio, tristeza, decepção. Usa uma dessas t-shirts de candidato a qualquer coisa, surrada, e uma bermuda larga. Descalço. Perdeu o chinelo? A mulher. Desacordada? Morta? Escorre sangue pela boca, mas não parece haver nenhum sinal de facada, tiro, no resto do corpo. Esmurrada? Uma surra. Não consigo saber se respira. Olhos abertos, mas esgazeados. Magra, sofrida, restos de batom, seios esmirrados e em um pé, um sapato dourado, de salto, bem vagabundo, vai pendurado, recusando-se a cair. Alguém comenta que foram chamar a polícia, ali próximo. Nada parece detê-lo. Ninguém se atreve. Chega na Escadinha e, sem cerimônia alguma, atira a mulher à água. A multidão agora está pelos lados, olhando se ela vai boiar, se lutará pela vida. Por medo, pelo pouco caso das multidões, por curtir maldosamente o espetáculo, ninguém se move. Ele, cabeça baixa, respira profundamente. A polícia chega. Um dos guardas já tira as botas para mergulhar. Alguém telefona pedindo uma lancha. Lentamente o rodeiam. Não manifesta vontade. Algemas. Obedece mecanicamente. Agora o cortejo será até a Central de Flagrantes. Do lado, vai a amiga, resmungando. Do outro, o amigo, argumentando, talvez, agora, com os policiais. Dele não se ouve um ai. É todo interno, seu inferno.

o novo amor

O Zequeto estava atrasado. A galera já estava por ali, tomando as primeiras. A gente sabe quem é bebum quando o cara toma a primeira ali pelas dez da manhã. Primeiro dizem que está muito calor. Depois, deixam pra lá as desculpas. Vão se chegando. Nosso clube. Todo boteco que se preze tem um. Juntamo-nos talvez pelo calor humano. Porque somos iguais. Somos infelizes. Nossas brincadeiras são sempre malvadas. Queremos mostrar que o outro é pior do que nós. Logo cedo ainda conversamos amenidades. O álcool vai subindo a temperatura e a pressão também. O Zequeto não vem? Chegou. O Zequeto? Penteado, banho tomado, perfumado, roupa passada. O Zequeto?

Estou namorando. Não riam. É verdade. Ela não sabe de nada. Mulherão. Tô gostando dela. Quer cuidar de mim. Comprou roupa. Dei um trato no visual. Trabalha na Receita. Fui lá resolver uns papéis. Voltei. Não contei porque vocês são foda. Iam logo azarar. Encontramos umas duas vezes. Rolou beijinho. É separada. Dois filhos. Tem até carro. Não sabe de nada. Porra, Zequeto, tu é bebum, cara, não vai dar certo. Porra, não torce contra. Vai dar. Dei só uma passadinha aqui pra vocês não ficarem falando mal de mim. Vou tomar só umas duas. Tá bom, três.

O Zequeto tomou umas cinco, deu aquela estabilizada mas saiu cedo. Ia tirar um ronco para encontrar à noite com a gatona. Já vi esse filme. Já fui artista principal. A gente morre no final.

Porra, esse Zequeto está ficando muito metido a besta. Vem sempre perfumado, roupa nova. O caso dele está esquentando. Se mudou pra casa dela. Está todo feliz. Tomou só umas cinco, de novo. Será que dessa vez...

Era o assunto do clube. Alguém viu o Zequeto com a namorada. Coroaça. Vale a pena. Não sei o que ela viu no filho-da-puta. Mas tem mulher assim. Mulher babá. Mulher enfermeira. Doida pra cuidar do seu homem. Quanto mais problema, melhor. Querem sofrer.

Ele chegou dizendo que era aniversário. Pagou rodada. Estava com dinheiro. Saldou a dívida. Alegre, satisfeito. Passou da conta. Bem, passar da conta, pra gente, não é tomar umas a mais. É tomar muitas. Lembrou de ir pra casa. A coroa convidou a família toda. Puta que pariu. Nem se levantava. O clube se mobilizou. O Pedrão, do balcão, também. Carregamos o Zequeto pro banheiro. Demos banho. Café. O enfermeiro da farmácia da esquina veio aplicar glicose. Saiu como pôde. Sumiu uns dias. O que terá acontecido?

Apareceu normal, do jeito dele. Disse que chegou legal no aniversário, mas aí veio brinde, champanhe, uísque, misturou e deu merda. Só sabe que todo mundo foi embora. A coroa se emputeceu. Disse que foi acidente. Misturou e não prestou. Ficou uns dias encolhido, mas deu sede, sabe, deu sede.

É uma merda, cara. Dá sede. Dá uma vontade interna que se agiganta. O Zequeto ficou com a gente até tarde. Ninguém, nem ele, se lembrou da hora. A gente já estava bem melado quando ela entrou no bar. Foi um silêncio completo. Era uma coroaça, com certeza. Ele não estava vendo. Falou alto. Sacaneou com o Carlito... E o Carlito nem respondeu. Tava olhando. Tocou no ombro dele. Quando viu, sabe, deu aquele branco. Não perdeu a linha. Essa é minha coroaça! Meu amor! Senta com a gente, mô, toma uma...

Ela puxou pelo braço. Ele aguentou. Nós dissemos pra ele ir, na boa. Tá. Ele foi. É sempre assim. Igualzinho.

Sumiu uns tempos. Sumiu. Será que parou? Lembra do Almir? Conseguiu. Fez tratamento. Virou crente. Porra, mas ficou chato pra caralho, todo careta, tudo é coisa de Deus, do salmo não-sei-

-que-lá, essas porras. Eu também já fiz tratamento. É uma merda. Toma umas injeções. Fica internado. Puta. Uma merda. Larguei. Ah, porra.

Zequeto! Cara, tu sumiu, porra. O Zequeto estava corado, gordinho, saudável. Fiz tratamento. Cara, a coroa me botou na parede. Tem os filhos dela, sabe. São meninos legais. Gosto deles. Passei aqui pra mostrar pra mim mesmo que estou bem. Dá um guaraná, por favor. Será que o Zequeto vai conseguir? Uma semana depois ele estava lá. Não, na boa, agora eu sei quando e quanto eu posso beber. É uma doença. Nós somos doentes. Não, agora bebo socialmente. Realmente, tomou umas duas cervejas e se mandou. Ia trabalhar com um dos filhos em uma loja.

Apareceu umas onze da manhã. Só estava eu e o Mário. O Marinho. Puta, calor filho-da-puta, né? Uma cerveja pra lavar o peritônio... E aí, trabalhando na loja? Na boa? Nada. Chato pra dedéu. Fico lá, fazendo porra nenhuma. O garoto sabe tudo, controla tudo, e eu fico lá com cara de otário. Sabe quando a gente sente que todo mundo quer te controlar? Tomar conta? Porra, não sou criança. Pedrão, bota mais uma. Umas sete da noite nós estávamos lá no Porto do Sal, num boteco fedorento. Era uma farra. Decidimos dormir ali na Praça do Carmo. Cada um se arrumou num canto. Os garis nos acordaram a vassouradas. Vamos, papudinhos! Vai te foder!

O Zequeto tava fodido. Fodido. Porra, a coroa vai me esculhambar. Ah, porra, pensa que sou criança. Eu sou assim e pronto. Não vou voltar pra aquela casa porra nenhuma. Vamos no boteco pra dar uma rebatida. A coroa tava lá, chorando. Levou o Zequeto, cabisbaixo. Ela dizia. Tu vais voltar pro tratamento. Eu vou acabar com esse teu vício. Não tem honra? Não tem vergonha na cara? Tu me juraste. Tu ajoelhaste, lembras? Ah, mas isso vai acabar. E vocês, trastes humanos, nem pra ajudar, né? Não querem perder o amiguinho da farra, né?

Minha senhora, vá se foder.

O Zequeto voltou de noite. Todo amassado. Ela o trancou no quarto até conseguir a passagem pra clínica. Bebeu todos os perfumes. Porra, Armani, Christian Dior, essas porras todas, caralho. Bebi tudo. Naquela noite estávamos alegres. É uma alegria malvada. Perversa. Tem algo sempre por trás, sobrevoando, enchendo o ambiente. O boteco fechou de manhã. Vamos lá na padaria que vende cachaça. Alguém aqui não gosta de cachaça? Todos respondemos, não! E fomos beber. A garrafa passou de mão em mão. Agora estávamos em silêncio. As primeiras crianças de uniforme iam para os colégios. Porra, com quem está a garrafa? Com o Zequeto. Dá essa porra, caralho. O Zequeto não respondia. Porra, Zequeto, queres só pra ti? Zequeto! Zequeto! Porra, tu chinou? Acorda, porra. Zequeto! Porra, o Zequeto chinou. Vê se respira, caralho. Porra, meu amigo...

oito meses e três dias

Mais oito meses e três dias e pronto. Aposentadoria. Luizinho sonhava com ela. Não gostava de trabalhar. Bom mesmo era passar o dia lá no boteco do Armando, jogando dominó, batendo uma sinuca, jogando papo fora, tomando umas cervejas estupidamente geladas. Mais oito meses e três dias e se aposentava da polícia. Nunca chegaria a diretor de Seccional, nada disso. Não tinha estudo, nem vontade. Uma vida inteira trabalhando na polícia e se escondendo de confusão. Já tinha participado de batida, blitz, cerco, mas sempre na defensiva. Luizinho paz e amor. E agora faltavam oito meses e três dias. Contava as horas. A vida estava ganha. Uma casinha, mulher e duas filhas, elas, estudando, uma na UFPA, a outra na Escola Técnica. E Mangueirão aos domingos, claro, pra ver seu bicola jogar. Não podia querer mais. Naquela manhã de domingo, estava no dominó, feliz com duas barat adas que tinha dado, quando chegou o Cardosinho, ofegante, pedindo providências. O vizinho fora flagrado pela mulher abusando da filha, de três anos. Matou a criança e a mulher a facadas. Agora, o povo todo estava na porta da casa, sem deixar ele sair. Mas nem ele saía, nem ninguém entrava. Chama a polícia, disse Luizinho. Todos riram. Mas pararam. A cabeça virou um turbilhão. Uma vida inteira longe de confusão. Oito meses e três dias para aposentadoria. E agora todos olhavam para ele. Sabiam que não gostava daquilo. Mas, naquele momento, era a autoridade. A quem apelar? Luizinho. Logo ele? Ainda tentou simular pouca preocupação, jogando uma pedra na mesa, mas ao seu lado, Cardosinho, em silêncio, aguardava. Todos os outros também. Não podia passar por covarde. Aquilo era um momento-chave. Resmungou que sua arma estava em casa. Não tem problema, o Armando, dono do boteco, tinha. Toma. Vai lá. Nós vamos contigo. Vai ver ele se entrega. O povo não vai linchar. Tu és autoridade. Como é o nome dele? Acho que é Kelson, mas chamam de Liga Liga, sei lá por quê. Foram chegando. A multidão na frente do barraco. A caminhada foi torturante. Pensou na mulher, filhas, na vida boa da aposentadoria. Vieram os outros vizinhos falando, reclamando. Vai lá! Dentro da casa, silêncio. Não tem jeito. Foi entrando. Bateu palmas. Achou tolice. Bateu na porta. Estava aberta. Chamou pelo nome. Evitou o apelido. Sentiu cheiro de sangue. Um pitiú de sangue que vai secando e grudando. O coração querendo pular pela boca. A voz tremendo. Kelson estava de cócoras, olhando a mulher e a filha. Tentou acalmar. Falou que sabia que tinha sido um acidente. Mas os vizinhos estavam lá fora. Melhor se entregar a ele, que o levaria até a Seccional. Ninguém ia tocar nele. Não o conhecia? Estava sempre no dominó, lá no Boteco do Armando. Chegou próximo. Kelson disse que não ia. Não saía. Não ia preso. E agora? Então disse que haviam chamado o Choque. Que era melhor se entregar para ele. Os caras iriam entrar rasgando. Me ajuda a fugir. Eu vou pelo quintal. Não posso. Agora, não posso. Te entrega, vamos. Vai ser melhor. Chegou mais próximo. Me ajuda a fugir. Deixa eu sair. Pulo o quintal e ninguém me pega. Não posso. Não faz isso. Estou armado. Vou precisar atirar. Tu não vais atirar. Eu sei que tu és frouxo. Levantou. Luizinho estava na frente. Ergueu o revólver mas não atirou. Levou a facada no meio do peito. Coração. Enfiou fundo. Sentiu aquela dor aguda e faltou ar. Liga Liga saiu correndo. Ficou sentado, encostado na parede. Não tinha forças para gritar, pedindo socorro. E a vida lhe foi fugindo. Oito meses e três dias.

papaizinho

Estava de cabeça baixa, sentado em sua mesa de trabalho, no imenso escritório pessoal de onde geria um mundo a partir de sua firma de advogados. Ela entrou e, sem se dar conta, foi direto sentar em seu colo, alegre como uma garotinha. Papaizinho, estou organizando uma excursão ao Mosqueiro e vim te convidar. Vai ser o máximo! Teresa Cristina, você sabe que seu pai não tem tempo para isso. Ademais, você não imagina como Mosqueiro está. Já não é mais o nosso Mosqueiro de antes. As famílias se distanciaram, venderam as casas, os fins de semana são cheios de populares, um horror. Eu não sabia, papaizinho, passei tanto tempo fora... Invente outro passeio, pense um pouco, há tanta coisa para fazer em Belém. Ah, papaizinho, você sabe que não tem. A vida aqui sempre foi um tédio, a não ser para o senhor, sempre metido nesses seus papéis, trancado aqui neste escritório. É verdade, filha, sempre trancado, mas é que alguém precisa trabalhar para o mundo seguir adiante... Você parece sempre com sua mãe a reclamar daqui... Falou com ela? Penso que ela ligou procurando por você... Eu sei, mas não retornei. Ela quer me policiar lá do Rio de Janeiro. Já basta o tempo por lá, não é? Agora quero passar uma temporada com meu papaizinho... Ainda parece com a mãe, com esse narizinho empinadinho, maquiagem perfeita, teimosa, teimosa... Vou pedir um chá para nós. Não para mim, papaizinho, não tenho tempo, preciso sair... Está bem. Sabia que Carlos Roberto voltou? Quem? Carlos Roberto? Ah, papaizinho, você não vai querer estragar meu dia, né? Olha só de quem foi lembrar... Ele me ligou. Não falávamos há mais de sete anos. Pois, para mim, parece uma eternidade, papaizinho. E defunto fala? Não brinque com isso. Ligou para quê? Dinheiro, com certeza... Sim. Muito dinheiro. Você não sabe, eu sempre protegi você e sua mãe desses assuntos, mas ele teve problemas sérios ao sair do escritório, logo depois daquela briga com você... Nem quero me lembrar. Problemas sérios. Financeiros. Policiais. Polícia? Sim. Drogas. Drogas? Papaizinho? Sim, você hoje é uma mulher de 42 anos e pode saber disso. Problemas com drogas. Drogado? Drogado e traficando. Uma pena. Mas o senhor não vai dar dinheiro nenhum, não é? Não tem razão nenhuma. Tem. Você sabe, filha. Tem bastante razão para arrasar com nossos nomes se for aos jornais. É uma chantagem. Ele não teria coragem... Desespero, minha filha. Ele precisa de dinheiro. Você vai querer o chá? Sim. Papaizinho, é aquele assunto desagradável? É. Ele não esqueceu? Não. Convém. Poderia falar com ele? Não. De jeito nenhum. Quer saber, nem quero. Você também não facilitou com seu gênio... Ah, papaizinho... Um gênio igual ao da mãe, maravilhoso, mas às vezes difícil de ser entendido. Ele sabia onde estava se metendo. Conviveu comigo aqui no escritório, e depois com sua mãe. Claro que ele sabia. Ele quis se aproveitar de mim, para escalar a sociedade, pai. É claro que eu sei. Sempre soube, desde o primeiro dia em que chegou aqui com aquele paletó barato, fazendo o segundo ano da Faculdade de Direito. Aquele olhar ambicioso e zombeteiro, mas com uma inteligência privilegiada, sagacidade e o propósito de subir na vida a qualquer preço. Foi você que o levou à casa do Mosqueiro para jogar vôlei. Grandes tempos. Como eu gostava. Éramos todos mais jovens. Era bonito. Veio me pedir para namorar você e eu deixei. Ah, papaizinho, nós já estávamos namorando. Eu que disse a ele para ir pedir. Eu sabia, eu sabia. O casamento do ano. Foi casamento hippie, não foi? Vocês chegando de charrete na Basílica. Eu teria dado sociedade a ele aqui no escritório, mas vocês brigavam tanto! Ele era implicante com tudo. Bebia, farreava, uma coisa muito chata. Não compreendeu que você era especial, não por ser filha minha, mas de sua mãe. Ele não compreendeu. Mas você não precisava também... Papaizinho, esse assunto é desagradável... Eu sei, eu sei. Mas é que foi um flagrante. Você nem sabe quanto dinheiro e influência custou para abafar tudo. Ah, papaizinho... foi um desabafo. Você sabe que quando fico aborrecida sou capaz de tudo. Se sei? Claro. Você é filha de sua mãe... E agora que decide voltar a Belém para ficar comigo, ele chega de Maceió, onde estava morando, e liga. Que coincidência trágica. Ah, papaizinho, faz tanto tempo! As pessoas da sociedade nem lembram. Mudou todo mundo, nem eu conheço mais ninguém. Fui anteontem à Assembleia e parecia outro mundo, tanta gente, clube cheio, acho até que ficou muito popular, sabe? Antigamente era mais seletivo. Não dá dinheiro, não. O tempo passou e todo mundo esqueceu. Não foi apenas isso, minha filha. Não foi apenas isso. Papaizinho, estou atrasada. Já que não tem excursão a Mosqueiro, vou para um chá com amigas. Me falaram de uma casa chamada Charlotte que é bem frequentada. Preciso me enturmar, conhecer as pessoas novamente, matar as saudades, ficar por dentro das fofocas. Você sabe que não é só com você o problema e quer desconversar. Mas, desta vez, precisa ouvir. Não quero ouvir, papaizinho, está vendo? Foi por isso que eu morei tanto tempo no Rio, com mamãe. Vai ver, foi por isso que ela foi morar no Rio. Pra que eu vou querer saber? Eu não quero saber de nada. Vou viver a minha vida e não quero saber de nada. É melhor assim. Papaizinho... ah, tá bom, tá certo, o Carlos Roberto também vai falar da mamãe, né? Não é? Falar o quê? Como você sabe? Teresa Cristina, você não me vai jogar verde pro seu pai, o que é que você sabe? Tudo. Eu sei, pai. Mamãe contou. Ela prometeu. Mas contou uma noite, lá no Rio. Contou tudo, da crise entre vocês dois, do gênio dela, que você conhece tão bem, e do Carlos Roberto. Puxa, eu... Papaizinho, não fique assim. Eu não sou mais nenhuma criança. Aquele miserável, ingrato. Foi disso também que ele falou, foi? Não dê dinheiro, meu pai. Foi há muito tempo. Ninguém se lembra. Quem vai dar crédito a um drogado, traficantezinho, quem? Papaizinho, olha você, o maior nome da advocacia do Pará, conselheiro de governadores, ministros, grandes empresas, olha você e olha o Carlos Roberto. Pensa bem. Me dá o telefone dele. Deixa que eu falo e digo pra ele nunca mais se meter com você. Era o que faltava! Não faça isso. Não faça isso. Não quero. Por favor, minha filhinha, não fique agitada, nervosa, vai fazer você ficar se sentindo mal. Lá fora está muito quente. Papaizinho, às vezes eu acho que tudo isso é invenção sua, tolice, para me fazer ficar aqui com você mais tempo, sabe? Quer uma massagem? Aposto que anda trabalhando muito e agora está cansado e quer a minha massagem. Você conhece a famosa massagem de Teresa Cristina... Carlos Roberto está morto. O que disse? Você ouviu, filhinha... Não... Olha, não brinca... Está morto. Eu o envenenei. Papaizinho! Acho que estou com as pernas bambas. Papaizinho, jura que não é brincadeira de mau gosto? Papaizinho... Por favor, Teresa Cristina, não se exalte. Mas por quê? Ele ia contar tudo. Publicar em jornais. Denegrir nosso nome. Estava disposto a tudo. E o que é que tem? O que é que tem? Tanto tempo passado e você ainda tem medo de alguém dizer que ele teve um caso com mamãe e depois se separou de mim porque me pegou com outra pessoa, é? É? É. Só por isso? Só. Só por isso? Duvido. Duvideodó. Tem mais coisa. Tem mais coisa, papaizinho, tem? Fala, pai! Agora não importa mais. Papaizinho, como foi isso, meu Deus, papaizinho, me conte! Por favor, não se exalte, não levante a voz. Você fica linda quando se aborrece, mas também franze a testa e acaba com rugas, minha bonequinha. Pai, me conta! Ele veio aqui me extorquir dinheiro. Tentei negociar, mas nós nos conhecemos muito bem. Não havia outro jeito. Ofereci um chá e, quando estava de costas, ali mesmo, olhando a vista, coloquei veneno, que tenho sempre comigo para uma emergência, nunca se sabe. Mas como assim, envenenado? E aí? Onde ele está? Está ali, no banheiro. Arrastei o corpo e aguardo o final do expediente para me livrar dele. Não acredito, não acredito, papaizinho, meu Deus, minha mãe, não é melhor ligar para minha mãe? Teresa Cristina, você nunca saberia se eu não contasse e, se decidi contar, é porque preciso muito do seu apoio, sua companhia, sua compreensão. Papaizinho, isso é muito grave, papaizinho, não é uma coisa simples, isso é terrível, meu Deus, nunca pensei, estou com falta de ar, papaizinho, estou com as pernas bambas, tonta, ai, meu Deus! Papaizinho, precisamos chamar a polícia... Bonequinha, não se aflija, deixe tudo com seu papaizinho que tudo vai se resolver. Vamos, está melhor? Papaizinho, o corpo do Carlos Roberto está ali, no banheiro? Está. Eu, eu posso ir lá, olhar? Acho que não deve. Vai acabar se impressionando, se abalando ainda mais, olha, vai até ter pesadelos nessa cabecinha linda. Papaizinho, eu quero olhar. Tere... Papaizinho! Está bem. Vamos até lá, juntos.

Meu Deus! Papaizinho, é o Carlos Roberto! Coitado! Olha como está pálido! Mas ele também estava acabado, né? Olha a pele dele como está gasta, as roupas, o cabelo... Como está envelhecido. Ai, papaizinho, como vai ser? Não vai ser nada. O corpo vai sumir, e é como se ele nem tivesse vindo aqui. Nem será encontrado, nunca mais. Vai sumir. Papaizinho, posso dar um beijo nele, assim, de despedida? Teresa Cristina, por favor, você vai ficar impressionada. Deixa? Está bem. Papaizinho, posso dizer uma coisa? Eu ainda gostava dele. Eu amava ele. Durante todos esses anos eu tentei disfarçar, mas agora, assim, olhando para ele, não dá pra negar. Papaizinho, faça alguma coisa para eu não gostar mais dele. Já fiz, querida. Ele nunca mais vai lhe importunar, nem à nossa família. Agora, por favor, vamos voltar ao escritório. Tome mais um chá para se acalmar. Está melhor? Sua fisionomia está mais calma. Não posso olhar para você sem ver sua mãe e sua pele de porcelana. Claro que um dia você vai poder contar a ele tudo o que aconteceu, mas não agora. Agora eu preciso do seu apoio. Por isso, você vai sair daqui, tranquila, feliz, vai ligar para suas amigas e vai passear, conversar, ser feliz, como convém a uma bonequinha como você. Está bem? Vai ser assim? Uma coisa eu posso lhe garantir. Você e sua mãe nunca terão problemas. Dê um beijo e um abraço no seu papaizinho. Isso, bem gostoso, apertado. Querida, como eu te amo. Até logo. Nos vemos mais tarde. Não, não, deixe tudo comigo. Tchau, papaizinho. Até mais, Teresa Cristina, minha bonequinha.

Esperou a filha sair. Disse à secretária que não receberia mais ninguém. Puxou da gaveta uma papelada em que deu uma última lida. Levantou, foi até o banheiro. Ajoelhou ao lado do cadáver de Carlos Roberto. Alisou seu cabelo, passou a mão em sua fronte. Deitou-se sobre o corpo e o beijou calorosamente na boca. Depois, sentou sobre a tampa do vaso sanitário, tirou do bolso um revólver, abriu a boca e disparou.

poder

Demorei para descobrir meu poder. Casei com um idiota e ainda tive duas filhas. Duas idiotinhas. As babás que cuidem. Um dia fui deixá-lo no aeroporto. Tchau. Quando descia a escada rolante, percebi. O cara me olhando. Um qualquer. Um estranho. Gordinho. Como toda mulher, imediatamente me compus. Mais do que isso, empinei a bundinha, assim, sabe como é. Naquele instante eu senti que ele era meu. Se eu quisesse. Gostei. Na saída, parei na calçada. Havia um guarda de trânsito. Puxei da bolsa o batom e fiquei passando nos lábios. Lá estava ele me comendo com os olhos. Como é bom! Cheguei em casa e me tranquei no quarto. Fui pro espelho. Joguei fora aquelas roupas. Roupas de madame. Até a lingerie era de senhora. Humm... até que você é muito comível, Maria Teresa. Peguei nos seios. Desmamei cedo as idiotinhas. Eles estão firmes. Maiores, naturalmente. De perfil. Essa bundinha precisa de uma malhação, sabia? E esse corte de cabelo está horroroso. Você não se gosta, não? Gosta, sim. Agora eles vão ver. Você pode ser burra pra discutir política, filme, essas coisas. Mas há algo que é seu e ninguém tira. Esse poder. Eles vão rastejar e eu vou me divertir.

No dia seguinte foi ao cabeleireiro. Pediu um corte jovem, diferente. Depois se matriculou na melhor academia da cidade. Bem concorrida. Cheia de gente jovem. Homens. Fez. Ficou com músculos doloridos. Aproveitou pra sacar os truques das outras. O corpo melhorou. Os truques foram aprendidos. Ele veio como quem não quer nada. Perguntou se precisava de ajuda no aparelho. Disse que ela puxava muito peso. Se fez de encabulada. Ah, que nada... Fazia ginástica sempre, ali? Vamos tomar um suco. A gente podia sair daqui e conversar melhor. Sentiu um frio no estômago. Entrou no Audi. Direto no motel. Não era ela que estava à sua disposição e sim o contrário. Fez tudo o que desejava e o marido não gostava. Ele a deixou no estacionamento. Em casa, lembrou dos detalhes da transa. Sobretudo do olhar dele, fascinado, preso.

No dia seguinte, foi ao shopping. Na praça de alimentação. Pediu um suco. Sentou e olhou em volta. Três homens em uma mesa. Fez o charme. Eles não conseguiam mais conversar. Levantou e saiu lentamente, esperando a abordagem. O cara veio, babando. Vamos pra outro lugar? Foram. O cara não era de nada mas era outra coisa em jogo. Poder. Ele babou. Foi pra ginástica. O cara do Audi chegou junto. Disse que foi maravilhoso. Podiam repetir. Não queria passar o fim de semana em Salinas? Não. Outro dia. Tenho compromisso. Estava de olho em outro. Grande empresário. Meia-idade. Uma Mercedes. Foram. No dia seguinte, de novo. O marido chegou. Continuou. Ele ia jogar futebol à noite. Ela ia pra cama jogar outros jogos. Jogos de poder. Ele descobriu. Chamou de puta. Ela xingou. Chamou de frouxo. Pode chamar de puta. Sou puta com muito orgulho. Ele foi embora. Disse que ia tirar tudo dela, na Justiça. Pode levar as meninas, se quiser. Ele não queria. Ela que tomasse conta. Saco.

Arranjou amigas. Fazia o circuito noturno. Zeppelin, Le Max, Cosanostra. No celular. Onde está bom? Tá assim de homem. Vamos. Um cara abriu a carteira. Queria pagar. Tá me estranhando? Não sou puta. Se dou, dou porque quero. Estava viciada. Qualquer pessoa. Varredor de rua, guarda, senhores. A Justiça tomou o apartamento. Foi morar com a mãe. Cuida aí das crianças. Foi no salão. Quero loura-puta, sabe? Quanto mais puta, melhor. Bota mega-hair. Foi no cirurgião. Bota silicone. Faz lipoaspiração. Agora era ainda mais poderosa. Fim de semana em Salinas. Ela e as amigas. Os carros faziam fila. Sim, eu gosto de foder. Gosto de trepar em todas as posições. Mas o que eu gosto mesmo é de poder. Poder. É só eu passar que eles babam. Eu sei. Outra amiga falou do show do Luiz Melodia. Deixa que eu ajudo. Ele vai no meu carro. Acabou na cama. Ele pode ser Luiz Melodia lá no palco, mas na cama quem manda sou eu. Levou um tapão que virou na cadeira ali no Doca Boulevard. O marido. Puta! Escrota! Vai cuidar das tuas filhas que vão virar putas igual a ti! Os amigos deram umas porradas. Saiu esculhambando. Não faltou quem fosse consolá-la. Perdeu o astral. Vou pra casa. Amanhã a gente se fala. A caminho do estacionamento. Dois caras. Gays? Não, nunquinha, com esse olhão nos meus peitos. Oi? Já tá indo? E vocês, chegando? Querendo diversão. Tá médio. Onde é a boa? Vamos procurar? Tô com o carro ali. Vamos? Boas-pintas. Sabe que seria legal fazer com dois? Diferente. Os dois babando. Jogou charme. Um pegou na sua nuca. Outro, na coxa. Vamos ali, conversar melhor? Motel. Foi ótimo. Eles tinham coca da boa. Ficaram umas três horas fodendo e cheirando. Cansaram. Vamos? Não vai pagar? Não. Entra aí. Onde? Aí. Espera aí. O que... Entra aí, porra. Cala a boca, puta escrota. Levou um murro. Polí... Outra porrada. Cala a boca, bocetuda. Escrota. Puta de merda. Entrou no porta-malas do carro aos safanões. Trancaram. Gritou. Bateu. Ninguém ia ouvir. Ouviu o carro saindo. Velocidade. Bateu em alguma coisa. Naquela barreira de madeira na saída. Vão me matar. Puta merda, onde estava com a cabeça. Hoje não é meu dia. Ouvia os dois conversando. Ladrões escrotos. Chorou. Teve medo. Sentiu solidão. Avisar pra quem? O marido, aquele corno? As amigas? Os paqueras? Iam querer é distância. Pararam. Porra, estavam assaltando! Com o meu carro! Puta que pariu. Agora fodeu. Saíram. Velocidade. Buracos. Outro assalto. Tiros. Meu Deus, tenha pena de mim. Minhas filhas! Meu Deus! Rezou. Velocidade. Estava toda machucada. O corpo se batendo na escuridão. Os olhos acostumaram. Arredou o macaco. Uma barata, meu Deus, era o que faltava. Matou com as mãos. Teve nojo. Limpou no vestido. Chorou. Tinha muito buraco. Parou. Parou. Silêncio. Silêncio. Total. Esperou. E se eles viessem matá-la? Meu Deus! Rezou. Chorou. Silêncio total. Foram embora e me deixaram aqui. Gritou. Bateu. Nada. Esperou alguns minutos. Gritou. Bateu. Nada. Estava sozinha. Minhas filhas, meu Deus, minhas filhas. Faça com que eu saia daqui, por favor. Eu paro com isso. Sei lá, vivo de outro jeito. Minhas filhas, meu Deus! Gritou. Bateu. Nada. Esquentou. O dia nasceu. Dormiu alguns minutos. Chorou. Rezou. Gritou. Bateu. Ouviu alguma coisa. Bateram no porta-malas. Gritou. Me tira daqui. Socorro! Me ajuda! Ouviu que esperasse. Ia buscar ajuda. Demorou séculos. Um som na fechadura. Séculos. Claridade. Doeu nos olhos. Braços estendidos. Bateu a cabeça na saída. Dois homens morenos. Franzinos. Humildes. Abraçou chorando. Beijou. Olhou o carro. Garrafas de vinho. Embalagens vazias. Tudo sujo. Levaram o toca-CD. Chegou um carro da polícia. Agora... O guarda, bonitão, chegou. Olhou para suas pernas. Seu decote. Ela se abotoava. Estava suja, batida, desgrenhada. Mas ali estava um querendo ver seu poder. Precisando de alguma coisa, dona? Não, tudo bem. Roubaram alguma coisa? Não. O toca-CD eu tinha tirado. Tem que fazer ocorrência. Eu vou. Depois. Agora preciso ver minhas filhas. O senhor me liga? Toma o meu número. Tentou dirigir. A perna, bamba, não conseguia pressionar a embreagem. Conseguiu. Chegou em casa. Beijou chorando as filhas. Elas estranharam. Tomou um banhão. Dormiu. Tocou o telefone. Uma amiga. Menina, tu não sabes o que me aconteceu. Sabe ontem, depois daquela cena? Pois eu não encontro dois gatos, lindos? É, dois. Eu, gulosa? Foi ótimo. Onde é a boa hoje? Eu te conto. Beijo. Tomo uma ducha e a gente se fala. Tchau.

putz

Tomou um banho demorado. Nua, admirou-se no espelho, conferindo se tudo estava no lugar. Deslizou as mãos pelas pernas, não precisava depilar. Nem o púbis. Levou o dedo ao pote de creme hidratante importado e passou lentamente, braços, pernas, abdômen, seios, glúteos. Passou a cuidar do cabelo. Talvez fosse bom dar um corte, ou uma nova cor. Abriu o guarda-roupa e escolheu todas as peças que usaria. Uma calcinha preta, minúscula, que na parte de trás entrava inteiramente no rego, chegando a incomodar. É parte da coisa. Meias novas. Elas sempre estragam. Buscou um vestido preto, de alcinha, aderente ao corpo. Olhou-se. Não. Outro, também azul-marinho, com decote onde acomodou os seios fartos com precisão e engenho. Cantarolou qualquer melodia. Olhou-se no espelho. Nas costas, outro decote ia quase até a calcinha. Para calçar, salto alto, muito alto. Estava acostumada. Na volta, ficaria com as pernas para cima, um bom tempo, descansando os tendões. Um colar discreto de pérolas. Nenhum anel. Somente um relógio importado, elegante. Olhou o relógio. Estava na hora. Na pedra da pia do banheiro fez uma carreira, aspirou, sentiu-se agitada. Pegou na bolsa o endereço do cliente. Celular. Hotel cinco estrelas, no Centro. Melhor ir de táxi. Problemas com estacionamento. Fechou as luzes do quarto e do banheiro. De passagem pela sala, viu que lá fora o final da tarde seria lindo. Está na hora. Tocou a campainha. Levou susto. Quem será? No olho mágico, sua mãe e outra pessoa que não pôde reconhecer. Era o que faltava. Sua mãe? Sem avisar? Vindo de tão longe? Gritou espera aí, já vai. Correu para o quarto, onde guardou objetos eróticos e lingeries de trabalho. Voltou, olhou de relance as coisas. Abriu.

Mãe?

Minha filha, tudo bem?

Tudo... estava de saída...

Vai pra onde, assim tão elegante... puxa...

É que... bem...

Posso entrar?

Claro, mãe.

Oi, Carmelina?

Arnaldo? O que é que você...

O Arnaldo veio me fazendo companhia. Estava com saudades suas.

Ah, bom, tudo bem? Entre...

Há quanto tempo...

É... quer dizer, mais ou menos, eu tenho sempre ligado...

Mas não é a mesma coisa que falar assim, frente a frente, minha filha.

Como você está bonita, Carmelina...

Vamos sentar... querem um refrigerante, água, alguma coisa?

Ah, minha filha, um copo d'água... a viagem foi longa, está quente lá fora e, depois, eu não me acostumo com essa cidade grande...

Enquanto pegava o copo d'água, Lina pensava no que fazer. Despachar os dois após tão longa viagem? Deixá-los esperando, à mercê de telefonemas de clientes, bisbilhotando suas coisas? E o cliente que estava esperando? Aquilo ia queimar seu filme. Aproveitou para ir ao banheiro e dar uma rápida aspirada. Para manter a serenidade...

Aqui está seu copo d'água, mãezinha...

Obrigado, filha.

Afinal, o que vieram fazer aqui, além de matar as saudades?

Marcelina, eu...
Não, Arnaldo, deixa que eu falo. Nós combinamos...
Ué, mas que mistério...
Bem, você sabe, lá em Concórdia a gente leva outra vida, outro ritmo, você sabe... Eu e teu pai estamos sempre preocupados com o que você anda fazendo aqui. Não que a gente desconfie, mas sabe como são pai e mãe, né? Se está se alimentando bem, se anda em boas companhias, se está estudando, dormindo bem... E, depois, vivendo aqui, sozinha, neste apartamento, cidade grande, a gente vê na TV tanta violência...
Ai, mãe, mas está tudo bem, você está vendo...

Olhou o relógio. Aquilo não fazia sentido. O cliente não podia esperar e ela não ia ficar ali com aqueles dois caipiras. Era hora de tomar uma atitude. Desligaria o telefone. Arriscaria. Eles ficariam esperando. Sei lá, podiam até dormir e voltar no dia seguinte. E esse panaca do Arnaldo...

Olha, faz o seguinte. Eu tenho agora um encontro com o diretor de RH de uma empresa, que ficou de me arranjar um emprego. Estou atrasada. Eu vou lá dentro um instantinho, vocês me esperam aqui e na volta a gente conversa melhor, tá? Tem refrigerante, água, até comida na geladeira, você ficam à vontade, tá bom?
Minha filha, obrigado, mas é que o nosso assunto...
Mãe, por favor...

Tocou o celular.

Alô? É... Estou saindo... olha, liga pra ele, avisa que eu posso atrasar uns minutinhos... um probleminha, depois te digo... tchau.

Bem, como eu ia dizendo, bye...

Filha, o Arnaldo veio te pedir em casamento.

Tem refri... quê?

É isso, Carmelina... vim te pedir em casamento.

Q... q... quê?

Ele foi lá em casa conversar com a gente. Eu e teu pai ficamos felizes porque o Arnaldo é um bom moço, já tem o trabalho dele, uma casa, e de repente voltamos todos a ficar juntos...

Eu nunca esqueci de você, Carmelina... Você não responde as cartas, não atende o telefone... aí tomei coragem e fui lá pedir pros seus pais... Carmelina, eu te amo... Carmelina...

Para de me chamar de Carmelina. Chama de Lina, pronto.

Minha filha, você é Carmelina.

Ai, meu Deus.

Por isso nós queríamos conversar agora... sabe como é...

Car... Lina.

Escuta, eu não estou entendendo nada. Estou com pressa, tenho um compromisso, vocês chegam sem avisar e agora me enfiam pela goela abaixo um noivo?

Que goela abaixo, minha filha? É o Arnaldo, o Arnaldinho, que você conhece tão bem, brincava desde criança, depois namorou... só parou depois dessa bobagem de vir estudar em São Paulo, aqui, sozinha, cidade grande, longe dos pais, dos amigos, do Arnaldo...

Que solidão? Que cidade grande? Qualé? Tão malucos? Eu tenho é compromisso... dá licença.

Estão todos esperando, lá... a festa...

Festa? Cê tá brincando...

Minha filha, teu pai ficou tão feliz... A gente veio te buscar. Vamos agora, você dorme em casa, amanhã fazemos um grande almoço, daqueles que você conhece e...

Espera lá, vocês estão viajando... como decidem vir aqui, assim, por contra própria, e já vêm falando de casamento. Que casamento? Perguntaram se eu quero casar? Perguntaram? Pois era só o que me faltava: casar! Pois eu digo: não quero casar.

Car... Lina, eu te amo... você disse que me amava quando saiu lá de Concórdia... eu disse que ia ter meu próprio negócio e, quando tivesse uma casa, viria te buscar...

Falou? Falou? Não me lembro.

Carmelina, você não vai dar essa tristeza pro seu pai, vai?

Vou! Ah, vou! Há quanto tempo eu estou aqui em São Paulo, hein? Vamos, diz aí...

Minha filha, uns oito meses...

Oito meses, quatro dias e dezessete horas, mais ou menos..

Credo, Arnaldo, você contou?

Eu conto os dias, as horas, os minutos pra te...

Nem continua, nem continua!

Nós aceitamos dar sua mão em casamento pro Arnaldinho...

Pois eu não. Eu não dou mão, não dou porra nenhuma pra Arnaldo nenhum.

Carmelina! Lava essa boca depois de dizer palavrão!

Você não falava assim, Lina...

Puta que pariu! O que foi que eu fiz hoje? Caralho, tenho compromisso, não posso faltar... se eu falto estou fodida!

Arnaldinho, meu filho, vai buscar um pouco de água com açúcar pra tua noiva que ela está abalada...

Já vou, já vou, vai ver é a emoção da notícia...

Precisava fugir. Sair correndo. Deixar aqueles malucos falando sozinhos. Onde já se viu? Ia sair. Pediria desculpas ao pai e à mãe depois. Apenas para manter as aparências... Não dependia deles para nada. Será que não percebiam? O luxo da casa, as roupas? Gente maluca...

Tá aqui, Lina, minha Linazinha... o teu copo de água com açúcar.

E eu lá quero essa porra!

Minha filha está maluca... ela nunca foi assim... olha, Arnaldinho, eu te peço desculpas... ela nunca teve a boca suja.

Olha aqui. Eu vou dizer a verdade. Vocês não prestam atenção? Não veem que com a mesada que mandam pra mim não dava pra manter esse apartamento? Eu sou uma prostituta. Uma puta, tá entendendo? Ganho dinheiro dessa maneira, já tenho meu carro, apartamento, pago faculdade e não preciso de ninguém. Tenho compromisso agora. Um homem está esperando e já estou atrasada, muito atrasada. Por isso, me desculpem, desculpem aí a grosseria, mas chega uma hora em que... mamãe, eu me explico depois... Arnaldo, passar bem.

Toca a campainha. Todos se olham. Ela vai abrir. Abre, desconsolada...

Entram seu pai, os pais de Arnaldo e mais dez pessoas de Concórdia, cantando alegremente!

É o casamento! É o casamento! Vai casar! Vai casar! Cadê a noiva! A noiva! Quase cai de susto, desespero, revolta. Ao seu lado, a mãe e Arnaldo choram. É envolvida em um mar de abraços e beijos. Só consegue murmurar.

Putz.

só o corpo envelhece

É o corpo que envelhece, meu filho. A cabeça está melhor do que nunca. Eu, por mim, estava lá na praia, só com a calcinha do biquíni, fazendo topless, sendo desejada por todos. Você pode não acreditar, mas eu já fui muito desejada. Sabia fazer o jogo com meus pretendentes. Cedia aqui, voltava atrás ali, mas só dava para quem queria. Talvez tenha escolhido demais. Talvez não. E você, o que vai fazer mais tarde? Meu filho, é só o corpo que envelhece. Olha aqui esses seios, pode olhar, não vai se assustar. Eu ainda tenho seios que podem ser mostrados. Claro, eu enruguei, olha o pescoço, não tem operação plástica que dê jeito. Meu filho, olha aqui o seio, pode pegar, ai, meu Deus, melhor não pegar. Me desculpa, mas é que a cabeça está a mil. Eu tenho tesão. Tenho muito tesão. Mas ninguém quer fazer sexo comigo. O que você vai fazer mais tarde? Ah, você não tem ideia. A cabeça está ótima. Eu tenho desejos. Muitos desejos. Desejo de sexo. Desejo de um pênis. Tenho. Às vezes preciso me controlar para não sair apalpando os homens que vejo. Essa coisa chata de precisar me conter porque sou uma senhora. Que senhora porra nenhuma. Na minha cabeça eu sou é uma puta, putona mesmo, dessas que dá para dez, vinte, trinta por dia. Ah, elas é que são felizes. E ficamos todas nos guardando, fazendo jogo de sedução e, no final das contas, estamos sozinhas, morrendo de tesão, e ninguém quer nos comer. Eu sonho. Sonho e vou para o bidê. É, meu filho, não fique chocado, estou sendo apenas sincera, verdadeira. Olha, você não vai acreditar, eu acho, mas eu ainda gozo, sabe? Gozo, verdade, pode acreditar. É tão bom! Ah, se eu tivesse um homem ainda. Um não, muitos! Vou te contar outra coisa, mas vê lá se não fica assim tão escandalizado, viu? Eu gozo às vezes quando estou no táxi. Sabe aquele balanço? Eu gozo. Fico pensando que o motorista vai alterar o caminho, entrar em um motel e me estuprar, sim, eu penso nisso e gozo, fico lá me contendo pra não fazer barulho e ele, sei lá, as pessoas, hoje em dia... Infelizmente, as coisas não são como eu queria. Bem, tenho aí um probleminha. É da idade. A gravidade, o tônus muscular, a velhice. A velhice é uma merda, meu filho. É o que chamam de incontinência urinária. É chato, vergonhoso, ridículo. Sim, eu uso fraldas descartáveis. Os músculos da uretra não controlam mais. Chato. Muito chato. Você imagina, para alguém que escolhia a lingerie que usaria, conforme o encontro, todas sensuais, rendadas, de tamanhos diferentes, às vezes nenhuma lingerie, nenhuma, aquela sensação de liberdade e ao mesmo tempo desvario sexual, apenas pela sensação de vazio entre a saia e o corpo. Aquilo me deixava encharcada, meu filho. Somente a sensação! E quando meu homem me pegava, passava a mão, eu já estava pronta e ficava encarando, direto, percebendo primeiro o susto pela ausência da calcinha e, em seguida, pela umidade. Ah, meu filho, eu só envelheci no corpo. Olho no espelho esse rosto ou o que sobrou dele. Eu era linda. A pele macia, puxa vida, ninguém dá valor a isso quando se é jovem. E as mãos? Pode ter cirurgia que seja, técnica moderna que apareça. As mãos vão enrugando, engelhando, aos poucos, às nossas vistas, e a gente vai perdendo a confiança. Não que homem vá direto olhando nas mãos, como fazem as mulheres, as nossas rivais. Mas há um conjunto que vai esmaecendo. As mulheres acompanham umas as outras. Homem dá pra enganar muito. Iluminação, jeitinho de se mostrar. Ih. A gente se mata em academia. Sabia que eu faço academia? Faço, sim, senhor. Só um pouquinho de esteira e uns pesinhos. Vou mais para não me render. Para olhar o bumbum dos professores. Meu Deus, são lindos, duros, pronunciados. Imagina o que está por baixo daquilo. Você me desculpa, filho, mas é que eu sou muito desbocada.

Desde muito jovem já diziam isso, e cheguei a ficar de castigo. Eu fui uma revolucionária, claro que fui, pelo menos nos costumes. Não vá ainda, não dê por terminado seu trabalho. Está uma tarde tão linda. Quem sabe passa alguma daquelas mal-amadas e me vê aqui, ao seu lado. É, minhas filhas, a velha aqui ainda dá no couro, pensam que não? Se dependesse de mim, faríamos sexo agora mesmo. Aqui mesmo, nesta casa de chá. Rolando da mesa ao chão. Um escândalo. Acho que gozaria só de pensar. Acho que mais tarde vou me lembrar e gozar. Desculpe. Eu bem que avisei. É só o corpo que envelhece. Por mim estaríamos drincando, numa boa, num desses bares com balcão, todo charmoso e depois você me levaria para sua garçonnière, ah, não sabe o que é garçonnière, desculpe, hoje vai pro motel, eu sei, é uma palavra antiga, escapou. Nada, não se preocupe. Tenho um amigo bem jovem, assim como você. Gosta de desenhar moda, tem boa cabeça, algum talento, ainda precisa aprender muito, mas vai numa boa direção. Que pena, não gosta de mulheres. Sei, você gosta. Claro que gosta. É o meu amigo. Não gosta. Ele. Pena, porque é muito bonito. O menino é um deus grego, podia trabalhar em qualquer novela dessas. Quando estou muito precisada, ele vem na minha casa. Eu o dispo lentamente, desde os sapatos, meias, camisa, calça e cueca. Pego um pote de creme de massagem e passo em todo o seu corpo. Fico aqui, passando a mão, sentindo o corpo de um homem. Ele não gosta de mulheres, mas claro que fica excitado. Então, eu o masturbo. Não sei em que pensa, mas se deixa masturbar. Não, nada de penetração. Somos amigos. Sei sua preferência. E ele está sendo tão companheiro, tão bacana comigo que sei lá. Fico ali, a tarde inteira, deixando o tato me fazer lembrar a delícia que é o corpo de um homem. A geografia. Ah, como é bom! Você já vai embora? Precisa, não é? O trabalho. O chefe está aguardando. Que pena. Muito obrigado pela atenção. Você não sabe a alegria que me trouxe. Primeiro por lembrar de mim. Depois, pela companhia. Bem, já sabe o endereço. Você não gostaria de voltar, mais tarde, sem compromisso? Só para conversar. Poderíamos vir aqui novamente. Pode ser constrangedor para você ir ao meu apartamento, assim, sozinho, solteiro... ah, passa aí. Como é seu nome mesmo? Ih, a memória anda estranha esses dias...

suicídio

Dois segundos. Três, talvez. Não mais. Vê? Já foram É quanto dura a queda. A minha. De onde me joguei. Você acha que não lembra nada. Não vê nada. Não sente nada. Mas aos poucos vem tudo à cabeça.

A sensação de vazio, o frio na barriga e, de repente, o choque seco, contra a capota de um carro. No caminho, uma variação brusca de trajetória. O que foi? A queda. O choque seco. O sangue escorrendo quente, saindo pelo nariz. Lembrei depois. Eu ouvia a correria. Os gritos. O calor da multidão. Alguém dizia para não mexer de lugar. Outro reclamava para alguém ligar do celular para a ambulância. A gente escuta cada coisa. Ouvi uma oração, baixinha. Outro praguejava porque achava que eu não tinha morrido. Não morri?

E depois volta tudo. Se te queres matar, por que não te queres matar? Eu queria. Não avisei ninguém. Subi no alto do prédio e me joguei. Não fiquei avisando, preparando, pedindo ajuda. Não dei espetáculo pra juntar gente. Me joguei, assim, simples. Quem parte não tem compromisso. Eu queria partir. Não ver mais. Chega disso tudo. Alguns se sentem preparados para viver. Outros não. Chega. Viver para quê? Para quem? Por quê? Primeiro, não tenho. Depois, não há quem se interesse. Preste um favor à humanidade. Se mate. Saia mais cedo. Tô indo. Fui.

Era noite, era cedo. Sabia como chegar ao teto sem ser visto. Sem dissimulação nem nada. Rápido estava lá. Nada de contemplação, último cigarro, último desejo, essas frescuras. Fui direto e me joguei.

Estava úmido. De repente, aquele turbilhão de ar entrando pela boca, nariz, olhos, tão forte que pensei em fechar e de repente aquela mudança na queda, na velocidade estúpida. Devia ter emagrecido. Fiquei mais pesado. Voltei lá para ver o fio de telefone que me salvou. Amorteceu a queda. Amassei o capô de uma Cherokee. O cara ficou puto. Eu também. Eu queria morrer. Ninguém para trás. Ninguém que tivesse interesse, sabe? Ninguém para chorar ou até para xingar.

A cidade linda na queda, cabeça para baixo, luzes piscando, luzes de automóveis, aquele anúncio das meias Kendall, sexy, com a mulher bonita. Eu queria morrer. Simples assim de dizer. Meu corpo invadir aquele espaço de ar, sem a segurança do chão firme. Deixar a gravidade fazer efeito. Que lindo se soubesse posições técnicas de paraquedismo. Saber cair. Não sabia. Me joguei. Direto, sem pensar. Foi por isso que não vi o fio nem o carro. Devia ter mirado melhor em um espaço vazio. Tive fratura no crânio, na coluna, nas pernas, exposta em um dos braços. Perfuração no baço, estômago. Mas não morri. Sabe, acho que foi a mulher da Kendall que me deu vontade. Não tem nada a ver, mas acho que foi. Fiquei com aquele olhar gravado, de cabeça para baixo, fixo, em mim. A mulher do outdoor. Vou contar isso pra ela, se um dia encontrar. Vai achar coisa de doido. 'Xa pra lá. Depois disso, acho que quero viver. Agora só faço bungee jump. Assim eu vejo a cidade de cabeça pra baixo, as luzes, os anúncios, e tenho aquela sensação de ser invadido pelo ar. A sensação de cair. Dez, cinco, um. Eu queria morrer. Agora quero encontrar a mulher da Kendall.

um cara legal

Eu não posso contar. Preciso inventar alguma coisa. Aquele idiota do Gabriel. Boca Quente. Queria contar contasse, mas não me metia nisso. Eu não posso contar. O Seu Jorge é legal. É bacana. Eu gosto de ir lá. O Gabriel que se vire. Já sei, digo que fui uma vez mas nem entrei. Não sei o que faziam lá. O Seu Jorge eu nem conheci. Só de o Gabriel falar. Aí vão me perguntar o que ele falava. Putz. Sim, digo que conversava, via televisão, ganhava revistas. Só sabia isso. Não tem erro. Eu gosto de ir lá. O Gabriel é o culpado. Ele que me falou. Da primeira vez eles me deixaram numa sala, lendo revista. Demoraram lá pra dentro. Na saída, o Gabriel com dinheiro no bolso e chicletes. Assim eu também quero, né? O Seu Jorge veio conversar comigo. Ele é bem legal. Eu gosto dele. Mas era um ou outro, o Gabriel disse. Então ele pediu pra eu voltar no dia seguinte. Eu fui, sozinho. O Seu Jorge tem um quarto com televisão, DVD, revistas. Tem até uma câmera. A gente ficava lá, conversando. Ele é legal. Eu converso com ele melhor do que com meu pai. Ele mostrou uns filmes de sacanagem. Eu nunca tinha visto, mas não disse. O Seu Jorge disse que é filme de franguinhas. Assim que ele chama as garotas. A gente ficava comentando das meninas. De um jeito que eu nunca falei com meu pai. E também do tamanho do pinto dos caras. Eu fiquei com o pinto duro, claro. Seu Jorge disse que era normal. Aí, me mostrou o dele. O pinto do Seu Jorge era grande como o dos caras que comiam as franguinhas. Aí ele pediu pra mostrar o meu. Fiquei com vergonha. Deixa de vergonha. Só estamos nós aqui. Somos amigos. Mostrei. Seu Jorge disse que homens não têm vergonha uns dos outros. Ele pediu pra pegar no meu pinto. Eu disse que isso era coisa de bicha. Não é. Eu desmunheco? Eu falo fino? Eu uso roupa de mulher? Eu fico me requebrando como bicha, viado? Não. Nós somos homens. Entre os homens isso não é problema. É normal. Deixei. Ele pegou, ficou fazendo carinho. Depois disse que era pra pegar no dele. Pega, pega. Peguei. Grande. Os homens fazem isso. Vai, pergunta pro teu pai, pergunta. Eu, hein... Aí, ficamos vendo umas revistas de sacanagem. Ele tem muitas. Pegou de novo no meu pinto. Não deu pra segurar. Gozei. Riu. Disse que eu gozava muito. Fiquei encabulado. Ele enxugou. Deu um beijinho na ponta. Disse que aquilo era normal. Bateu uma punheta na minha frente. Gozou em cima de uma toalha. Ele também gozava muito. Limpou. Pediu para eu dar um beijinho na ponta do pinto. Não dei. Deixa pra lá. Melhor você ir. Tá. Cheguei em casa direto pro banheiro. Bati uma punheta. No jantar, estava aéreo. Olhei pro meu pai. Não, não dava pra perguntar nada pra ele. No meio da noite acordei com o pijama molhado. Tinha gozado dormindo. No dia seguinte, fui direto no Gabriel. O Seu Jorge é legal. Contei tudo.

O Gabriel disse que eles também faziam outras coisas. Que ele batia punheta pro Seu Jorge também. Que tinha uns vídeos de homens. Nada de bicha, viado. Homens. Gabriel saiu mais cedo e foi. Era dia dele. Eu em casa, batendo punheta. O pinto do Seu Jorge, grande, gozando.

Entra, garoto. O Gabriel me disse que você gostou de ter estado aqui. Eu também gostei de você. Cadê aqueles vídeos de homens? O Gabriel me falou. Umas revistas, também. Te mostro, mas olha, não é nada de viado, gay, fresco, essas coisas, viu? É coisa de homem. Coisas que ficam entre homens. Não tem por que contar por aí. No máximo, perguntar pro pai. Você perguntou? Não. Não tive coragem. Não tenho muito papo com meu pai. Ele está sempre ocupado. Às vezes os homens não gostam de falar com os filhos sobre isso. Então não pergunte mais. Quer ver os vídeos? Esse aqui é bom. Rapazes bonitos. Realmente, não vi ninguém desmunhecando, coisa de bicha. Mas eles batiam punheta uns nos outros. E chupavam também. E comiam uns aos outros. Pela bunda. Como viados. Mas não são viados, né? São homens, normais, como eu e você, que já é um homenzinho, com esse pinto bonito aí. Deixa ver? Olha, tá vendo como ele tá chupando? Vou fazer igual em você. Sente como é gostoso. Muito gostoso. Eu ali, olhando os vídeos e sendo chupado. O Seu Jorge botou um dedo em um frasco, melou bem e começou também a passar o dedo na minha bunda. Gostoso. Botou todo o dedo. Gozei na boca dele. Desculpe. Não, não peça desculpa. Foi gostoso. Olha como tem gala sua aqui na minha boca. Vou engolir tudinho. Agora é sua vez. Você quer? Você, quer? Eu quero. Eu também gosto. Eu em você. Você em mim. Engoli o pinto do Seu Jorge. Era muito grande pra minha boca. Assim, pega bem a cabeça. Escuta, você não quer melar seu dedo ali? É tão gostoso... Você sentiu... Não sei. Vai, experimenta. Eu fui tateando. Ele guiou meus dedos. Gostoso. Seu Jorge gemeu e gozou. Eu me afoguei com a gala dele. Era muita. Desculpe, desculpe. Tome aqui um copo de água. Quer Coca? Tem na geladeira. Vai lá. Tira pra você. Foi muito gostoso, viu? Era estranho, sabe? Mas gostoso. E quando é que você vai trazer umas franguinhas pra gente? Vou convidar. Você, hein? Tá bom, vou convidar pra gente fazer uma festinha. Mas deixa ver, semana que vem, tá? Depois de amanhã quero você aqui de novo. Nós vamos fazer como os rapazes do vídeo. Você quer? Primeiro você na minha bundona. Depois eu na sua bundinha, tá? Depois a gente manda vir as franguinhas, certo, seu sacana? Certo. Olha, eu hoje não tenho nenhum presente pra te dar, mas tem esse trocado aqui. Cinquentinha pra comprar lanche, tá? Ninguém precisa saber nada. É papo de homem, tá? Só entre nós, mais o Gabriel. Tá.

Em casa, no banheiro, batendo punheta. A bunda ardendo um pouco. Deve fazer parte. Vai já passar. No meio da noite acordei de pinto duro e fui bater outra punheta. Quando gozei, ardeu a bunda. Seu Jorge é muito legal. Amanhã compro a camisa do Real Madri com esses cinquentinhas. Aqui em casa é só o do lanche e olhe lá.

Gabriel estava me esperando no colégio. E aí? Seu Jorge é legal. Como você conheceu? Na parada de ônibus. Perdi o dinheiro da passagem. Ele disse que pagava, na boa. Ofereceu um refri. A gente ficou conversando. Aí me convidou pra ir na casa dele. Foi assim. Ele me deu cinquentinha ontem. Me prometeu cem pra hoje. Cem? É porque hoje nós vamos fazer igual aos rapazes do vídeo. Eu vou fazer isso amanhã. Depois ele vai chamar umas franguinhas pra gente fazer uma farra. Acho que essa farra vai ser comigo também. Ele me falou das franguinhas. É, vai ser legal comer as franguinhas. Vai lá e me conta?

Eu estava no videogame, de noite, quando veio a polícia. Papai se trancou no quarto comigo. Perguntou se eu conhecia um tal de Jorge. Disse que não. Ele insistiu. Fomos pra delegacia. Me fizeram olhar para o Seu Jorge. Acho que ele se machucou. Estava com o rosto bem batido. Vai ver deu uma queda. Estava lá a mãe do Gabriel. O Gabriel encolhido. Tinha de fazer exame médico. Ele me olhava e baixava a cabeça. Me levaram para uma sala. Uma mulher, meu pai e minha mãe. Seu Jorge é legal. O Gabriel me falou. Não, fui uma vez, mas não fiquei. Não sei o que faziam. O Gabriel deve saber. Não sei. Vão fazer exames em mim. Sei lá. Tá bom, a gente conversava, via televisão, lia revistas. A mulher perguntava se o Seu Jorge passava filmes pornográficos pra gente. Se ele bolinava a gente. Se ele mantinha relações sexuais com a gente. Muita pressão. Gritei que era coisa de homens. Entre homens. Meu pai deu um murro na parede. Minha mãe chorou. Vocês não entendem? Seu Jorge é um cara legal.

um corpo pra chamar de meu

A mim não basta o corpo que habito. É pouco. Preciso de outro, que seja meu. De mulher. Para que me sirva quando precise. Para que me faça companhia. Ou deixe trancado, em casa, nu, a meu dispor. E ao chegar eu possa me distrair dando-lhe um banho. Esfregando-lhe as partes cuidadosamente. É preciso mantê-lo absolutamente limpo e cheiroso. Passar xampu nos cabelos. Penteá-lo. Escovar-lhe os dentes. Fazer-lhe massagem. Enxugá-lo começando pelos dedos dos pés. Subindo em direção ao púbis, onde empregarei cuidados extras. O umbigo. Os seios, seus bicos, suas dobras. Sim, talvez seja preciso cortar-lhe as unhas. Depilar os pelos. Passar hidratante. Carregá-lo até a cama. Deixando-o lá, cuidarei de sua alimentação. O que será, hoje? O que for eu farei e lhe darei na boca, atento, com um guardanapo, para limpar os excessos, pelos cantos. Vamos jantar fora. Sento meu corpo, o outro, na penteadeira e faço-lhe uma escova. Passo uma leve base no rosto, batom de cor discreta. Brincos. Onde está aquele colar? Sim, uma pulseira comporia bem. Que roupa? A noite está quente, é verão. Aquela sandália. Um vestido leve, de algodão. Não há necessidade de sutiã, pois é de alcinha, e acho assim mais bonito. Ia esquecendo a calcinha. Pois não. No carro, gosto de ir passando a mão nas coxas do meu corpo, o outro. Ao chegar, escolho uma mesa discreta. Peço o vinho. Escolho o cardápio. Hoje gostaria de ir dançar, mas tenho medo do corpo precisar ir ao banheiro feminino. Não deixo que vá sozinho. Melhor voltar para casa. Quando chegamos, eu o dispo cuidadosamente. Levo-o até o banheiro para escovar os dentes. Agora ele está novamente deitado e eu diminuo as luzes, regulo a temperatura e vou ler um livro. Leio até tarde. Faço minha higiene, dispo-me e vou para o quarto. O corpo está dormindo mas não importa, eu o quero. Penetro-o de várias maneiras. Depois de me satisfazer, saio por instantes para fumar. A fumaça, no quarto, deixaria meu corpo, o outro, com cheiro de cigarro. Volto, levo-o para nova higiene. Repito o ritual e o faço dormir. O despertador me acorda e vou para o banheiro. Quando volto, ao olhar para meu corpo, o outro, na cama, nu, entregue ao sono, tenho novo desejo e mais uma vez o penetro. Depois, eu o levo para sua higiene. Penso por quanto tempo este corpo ainda será meu. Sem exercícios, ele vai durar pouco tempo com a elasticidade, o tônus, o frescor. Quando envelhecer, será preciso trocar. Talvez, desde já, seja necessário pesquisar outro. Faço café da manhã. Alimento meu corpo, o outro, muito bem. Como hoje não quero companhia, eu levo meu corpo, o outro, para o quarto e o deixo deitado, nu e algemado, pés e mãos, me aguardando. Tenho cuidados em não deixar a seu alcance nem televisão, rádio, livros, revistas, nada. Meu corpo, o outro, está ali apenas para me servir. Meu corpo não me basta. Preciso de outro, totalmente meu, sem reservas, sem desejos próprios. Um corpo pra chamar de meu.

velha

Hummmm! Velha escrota. Cagona. Cagona! Agora que cagou, vai ficar aí, toda suja. Primeiro termina de comer. Puta que pariu, que vida! Maldita hora em que aceitei esse emprego. O que é que tá olhando? Cagona! Não me olha desse jeito. Tá debochando, é? Olha aqui! Se olhar de novo desse jeito leva outra. Escrota. Sacana. Podia facilitar o trabalho. Toma! Engole, caralho! Não... Filha da puta, me sujou toda. Tá cuspindo a sopa por quê? Ah, então vai ficar com fome. Tô cagando pra ti. Não quer comer, que se foda. Tchau pra ti. Acabou o jantar.

Ih, nem te dei bola, viste? Cansou de gritar? Estava limpando os pratos que tu sujaste. Idiotinha. Merdinha. Levanta, caralho. Vamos! Não te faz de pesada. 'Bora, caralho, anda. Deita, facilita, caralho. Puta que pariu, que merda. Puta que pariu, fede pra caralho. Merda de velha escrota! Caga pra caralho e eu tenho de limpar. Por mim tu ficavas aí te cagando sem parar. Se eu não precisasse de dinheiro, tu ias ver o que era bom pra tosse. Só não te esfrego na fuça essa fralda porque ainda vou ter de limpar. Ah, quem me dera, eu ia ser feliz. Ajuda, porra, te vira pra passar talco. Caralho, cu de velha fedorento. Toda se desfazendo e eu aqui. Morre logo, morre. Puta merda, se morrer perco o emprego. Que situação! Se eu não precisasse, velha, tu já tinha é ido. Chego em casa, tomo banho, passo de tudo e ainda fica esse teu cheiro de velha. Pele velha. Cabelo velho. Merda velha. Puuuuta que pariu! Mijona. Mijona. Caralho! É de propósito! É pra me infernizar a vida, é? É, levou palmada pra saber respeitar. Por que não fez logo tudo junto? Agora, lava de novo, pega outra fralda. Nem criança dá tanto trabalho. E tudo isso porque o filhinho vem aqui e ela tem de estar toda bonitinha, maquiada, cheirosinha. Cheirosinha? Se ele soubesse. Se ele não tivesse aqueles olhos verdes e não fosse tão bonito. E se não me pagasse tão bem, ah, eu bem que dizia umas verdades. Eu bem que dizia o que eu passo aqui contigo, velha escrota. Feia! Feia! Monstra! Bruxa! Tu é feia pra caralho, hein? Horrorosa! Como é que tu foste ter um filho tão bonito, hein? Vai ver puxou pro pai e tu, feia pra caralho, deste o golpe pra casar com o cara, não foi? Defunta viva! Ajuda, vamos. É, é apertado mesmo, tu não ajudas, fica aí se mexendo, se cagando, se mijando toda! Agora vai ficar deitada. Hoje não tem novela. Tá de castigo. Que se foda. Eu vou ver lá na sala. Tu ficas aqui, deitada. Não tem TV. Se tu passares pra lá, vou esquentar aquela colher. Ah, tem medo, é? Esquento aquela colher e passo no bico do teu peito. É, no biquinho dessas tuas muxibas aí, escrotinha. Disso tu tens medo, né? Já viste o que é um peito, já? Olha aqui. Esses aqui, nem quando tu ainda eras gente tu tiveste. Isso é peito, porra. Isso tu entendes. Quem disse que tu não entendes? Eu te saco, eu te saco. Vou ver a novela, tá?

Ih, o capítulo de ho... caralho! Idiota, doida! Tira isso da cara! Puta que pariu! O que é que tu queres, hein? Queres me sacanear? Se jogando da cama, hum, fazendo escândalo, eu me abro pra ti, sabia? Só me abrindo. 'Bora, porra, levanta. Agora, vai ter de levantar sozinha. Hei! Tô falando! Porra, fala comigo. Fala! Deixa de graça! Te dou umas porradas, hein? Vai levar chute. Levanta. Fala, porra! Fala! Porra! Porra, não morre, caralho! Porra! Filha da puta! Meu Deus! Não faz isso comigo! Eu não mereço! Eu preciso trabalhar! Sou arrimo de família! Por que a senhora foi fazer isso comigo?

Este livro foi composto em Minion Pro (corpo 11/14,2) no texto e URW Antiqua Wide Bold (corpo 18) nos títulos, e reimpresso pela gráfica Rettec para a Boitempo, em dezembro de 2021, com tiragem de 2.000 exemplares.

sobre o autor

Edyr Augusto Proença nasceu em Belém, Pará, em 1954.

Jornalista, radialista, redator publicitário, autor de teatro e de jingles, já publicou poesia, crônicas, romances.

Em 2007, *Casa de caba* foi traduzido para o inglês e lançado no Reino Unido pela Aflame Books, e, em 2014, *Os Éguas* e *Moscow* foram traduzidos para o francês e lançados na França pela Asphalte. Os três livros também foram publicados originalmente pela Boitempo.

De sua obra destacamos, em ordem cronológica:

Navio dos cabeludos, poemas, 1985

O rei do Congo, poemas, 1987

Surfando na multidão, poemas, 1996

Os éguas, romance, 1998

Crônicas da cidade morena, crônicas, 1999

Moscow, romance, 2001

Casa de caba, romance, 2004

Selva concreta, romance, 2012

Pssica, romance, 2015

BelHell, romance, 2020

Participação em coletâneas:

Geração 90: os transgressores, contos, org. Nelson de Oliveira, 2003

Os cem menores contos brasileiros do século, contos, org. Marcelino Freire, 2004